APRENDE A DIBUJAR CON POKÉMON

Montena

INSTRUMENTOS Y MATERIALES

Antes de comenzar, deberás disponer del equipo adecuado.

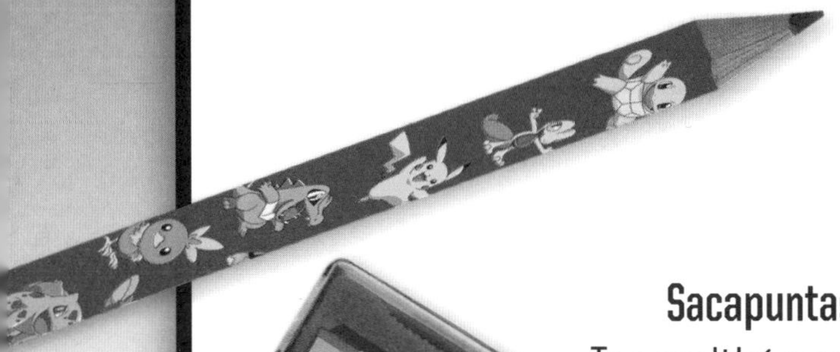

Lápiz
Úsalo para abocetar cada personaje.

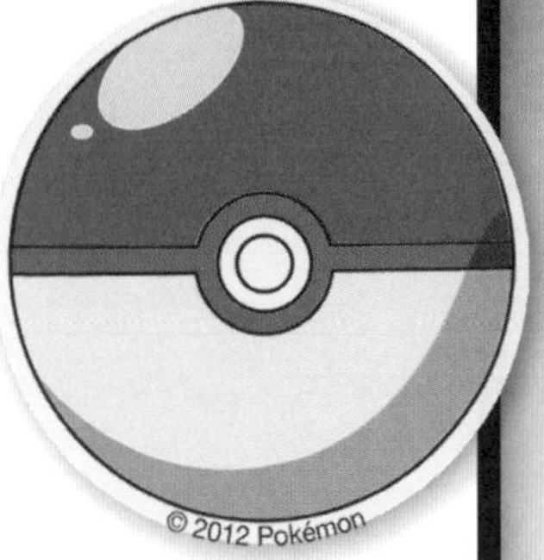
© 2012 Pokémon

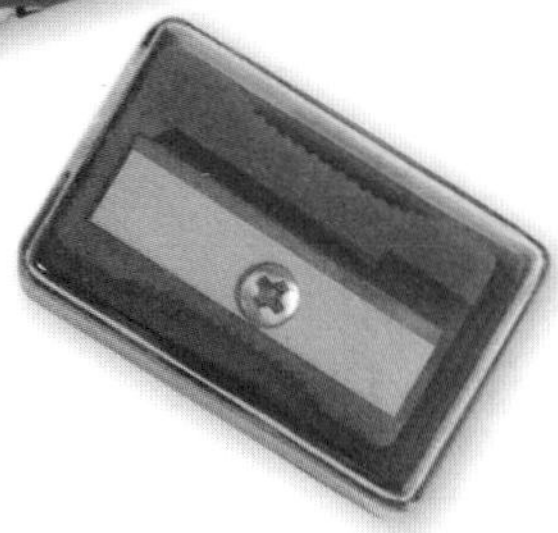

Sacapuntas
Te permitirá mantener el lápiz bien afilado.

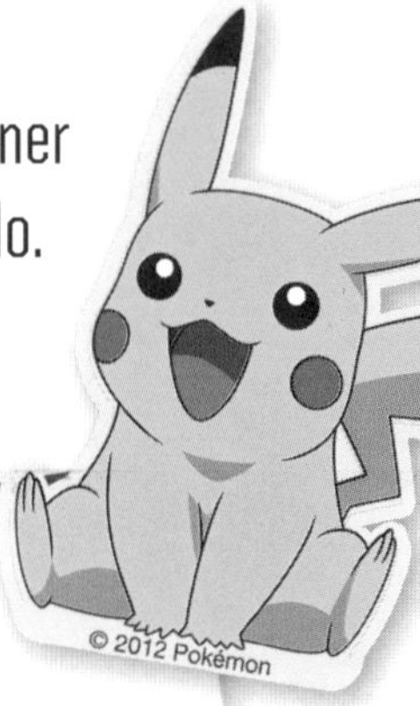
© 2012 Pokémon

Gomas de borrar
Coloca una en la parte superior del lápiz. Así siempre la tendrás a mano.

Borrador
Te servirá para abocetar tus dibujos.

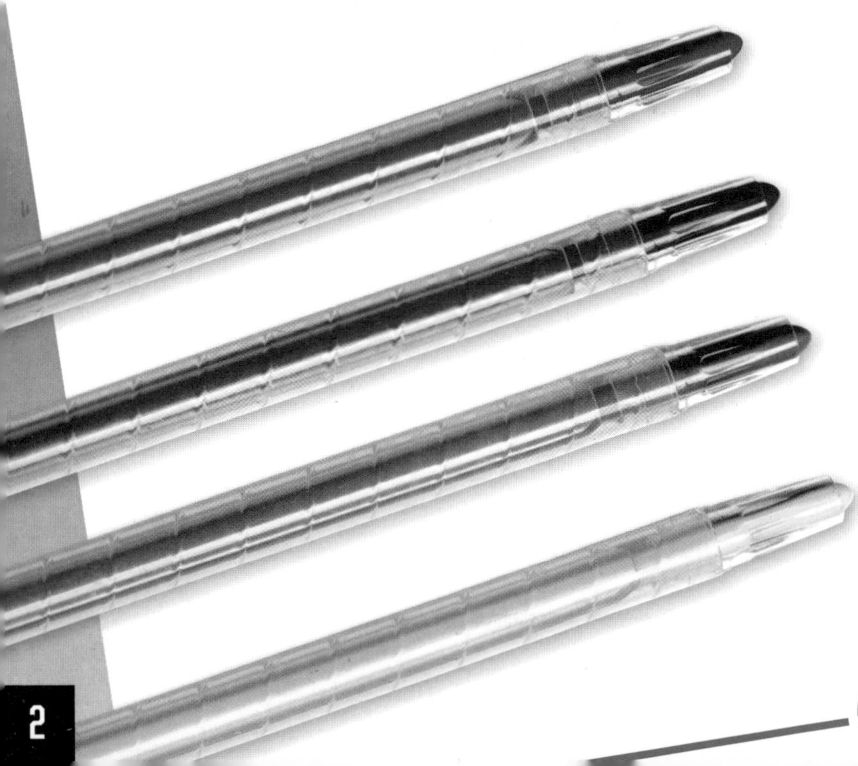

Lápices de cera
Te permitirán dar mayor viveza a tus dibujos. Si lo prefieres, puedes utilizar lápices de colores, rotuladores o incluso témperas o acuarelas. ¡Tú decides!

CÓMO DEBES USAR ESTE LIBRO

Para dibujar cualquier Pokémon bastará con que tengas en cuenta estos pasos. ¡Verás qué sencillo y, sobre todo, qué divertido puede resultar!

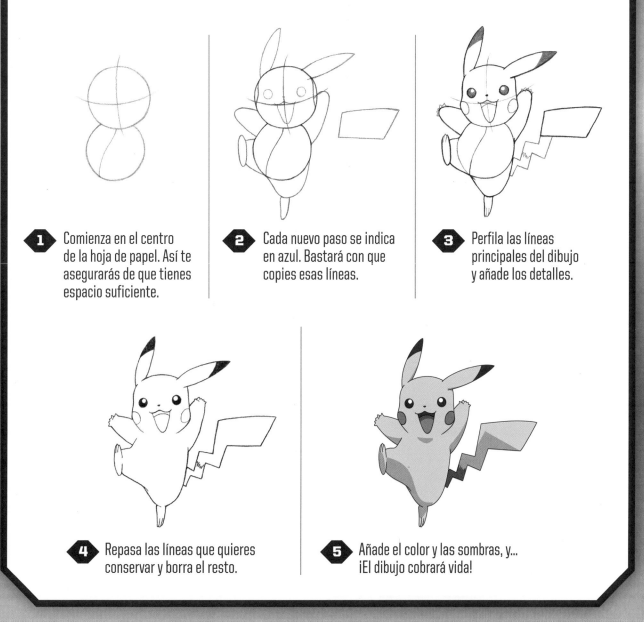

1 Comienza en el centro de la hoja de papel. Así te asegurarás de que tienes espacio suficiente.

2 Cada nuevo paso se indica en azul. Bastará con que copies esas líneas.

3 Perfila las líneas principales del dibujo y añade los detalles.

4 Repasa las líneas que quieres conservar y borra el resto.

5 Añade el color y las sombras, y... ¡El dibujo cobrará vida!

BULBASAUR

En ocasiones, puedes encontrártelo echándose una siestecita al sol. Como verás, tiene un bulbo en el lomo que, al darle la luz, crece y crece y crece y...

1

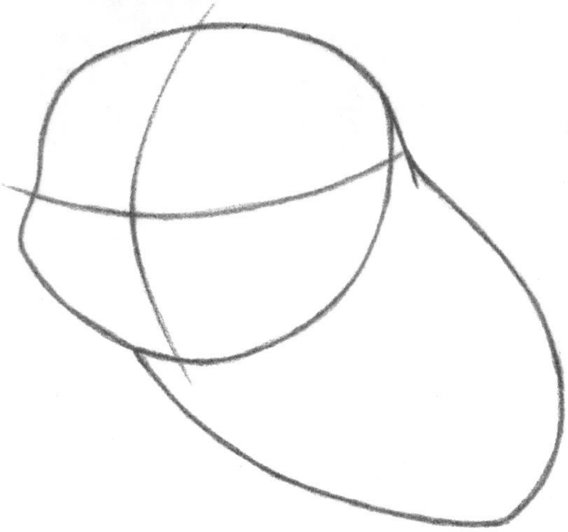

2

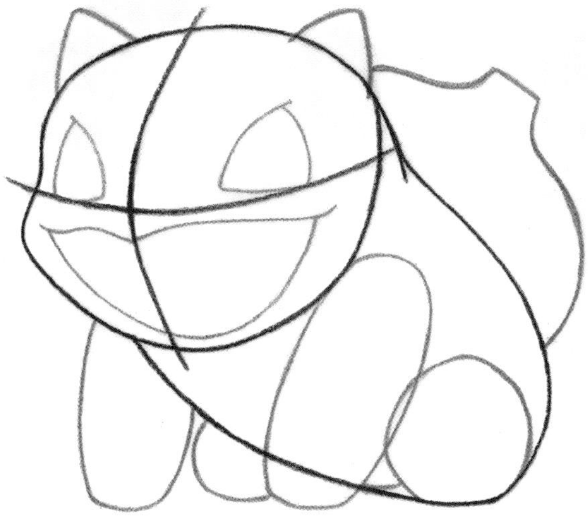

CATEGORÍA: Semilla

TIPO: Planta/Veneno

ALTURA: 0,7 m

PESO: 6,9 kg

3

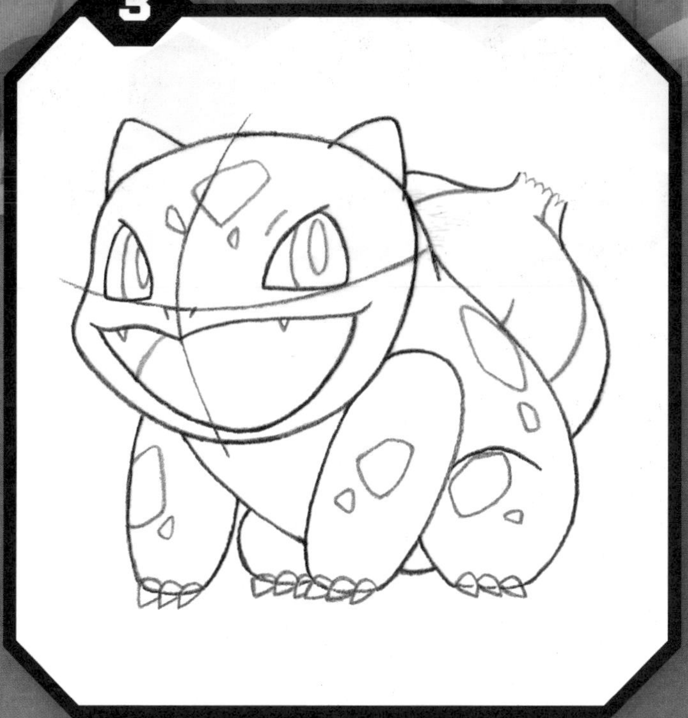

4

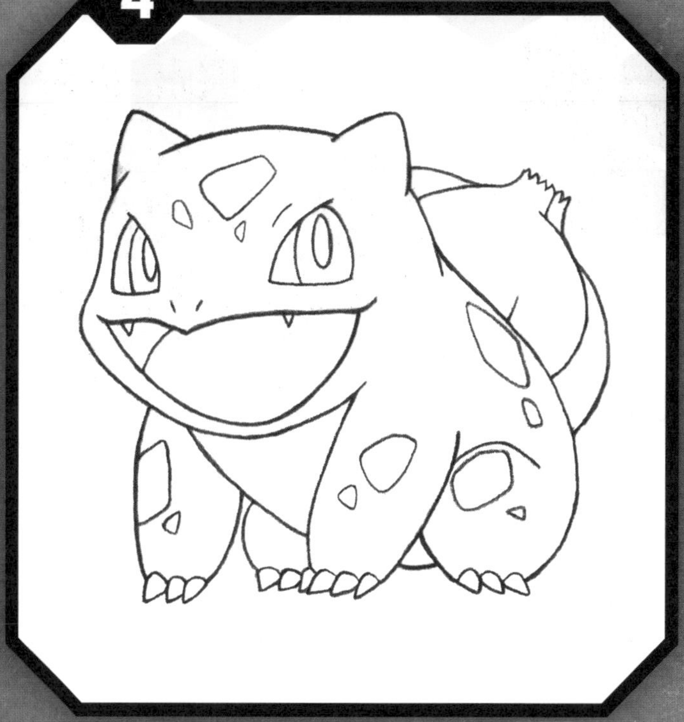

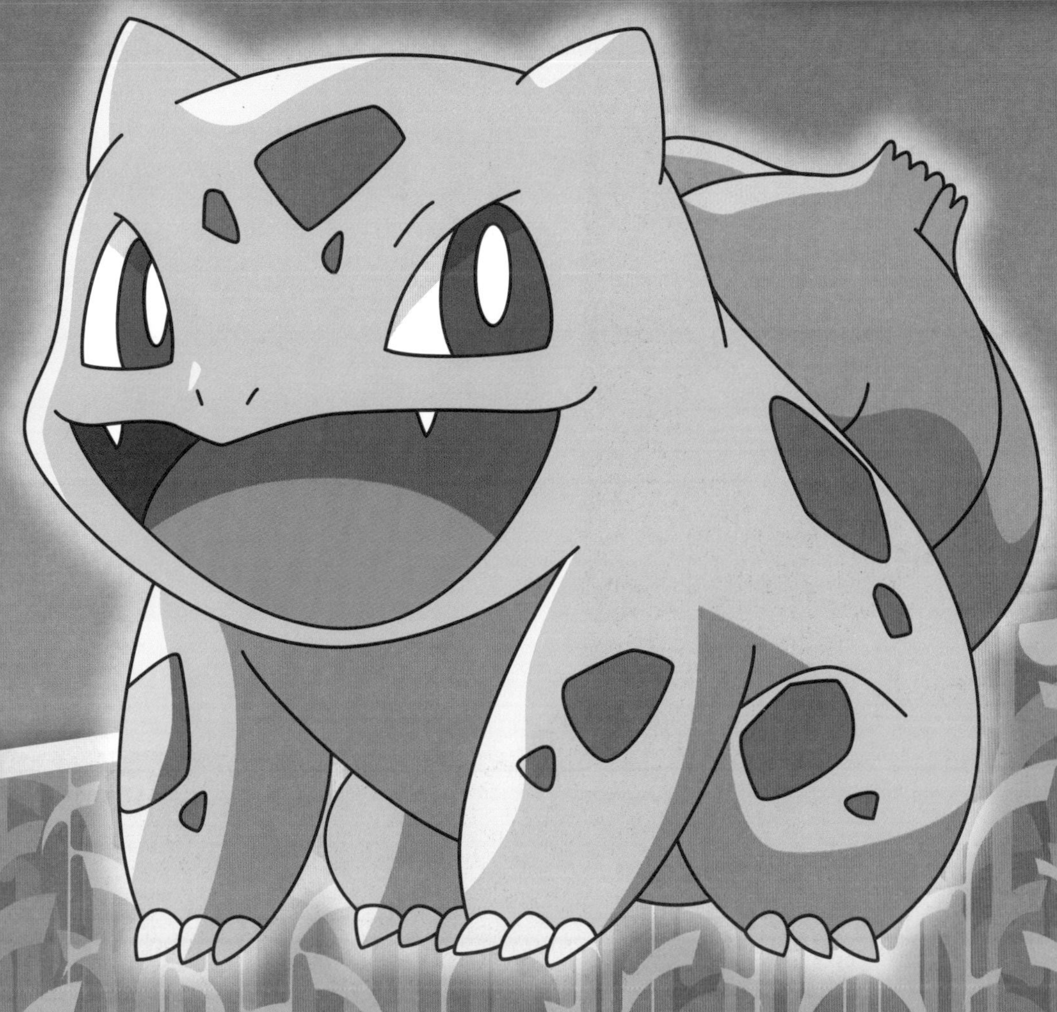

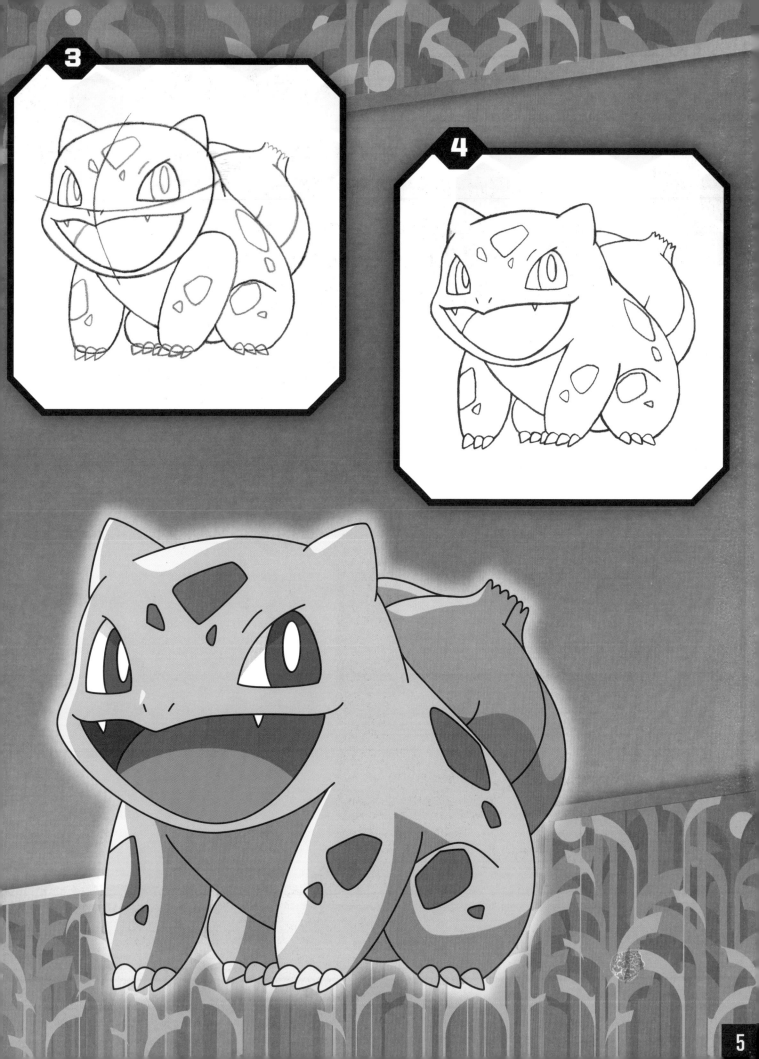

CHARMANDER

La llama que arde en la punta de
su cola indica su estado de ánimo.
Si se agita suavemente, estará
contento pero si lo hace con fuerza...
¡algo lo habrá enfurecido!

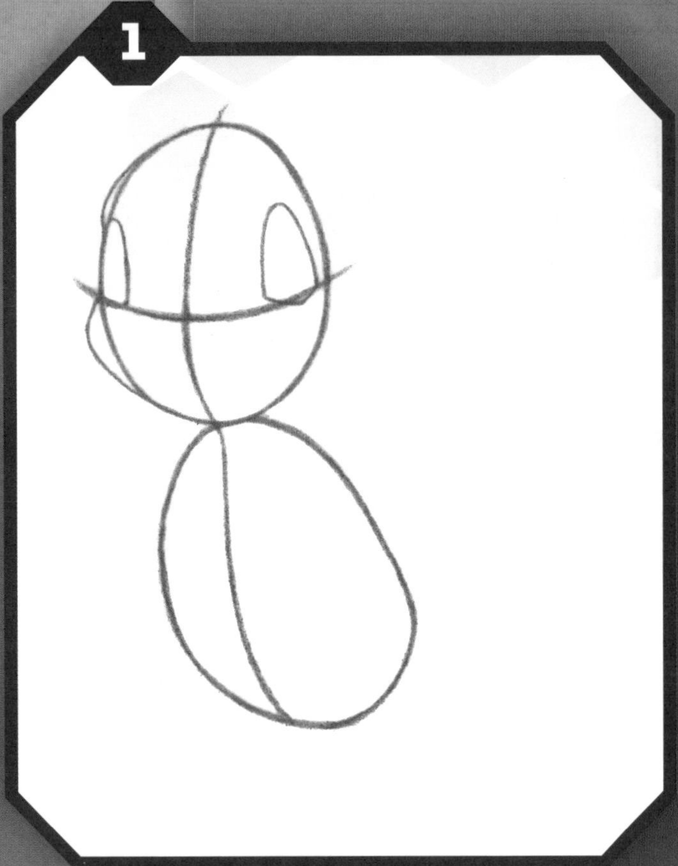

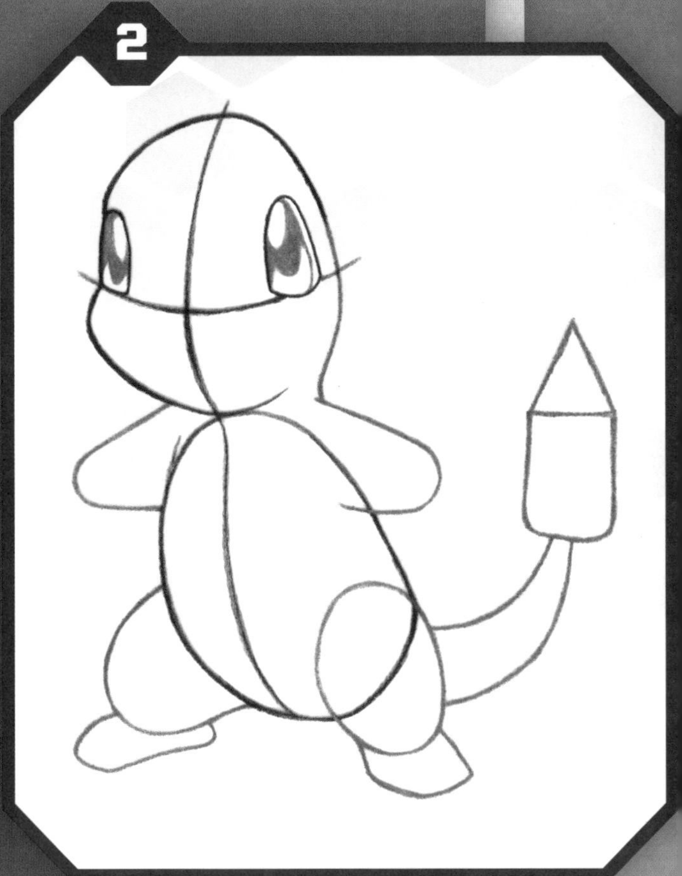

CATEGORÍA: Lagartija

TIPO: Fuego

ALTURA: 0,6 m

PESO: 8,5 kg

3

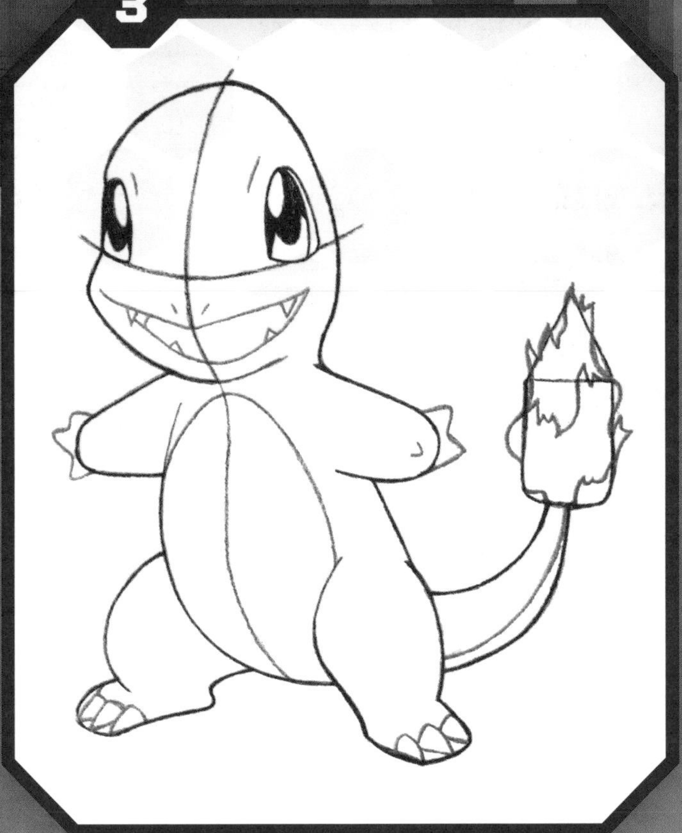

4

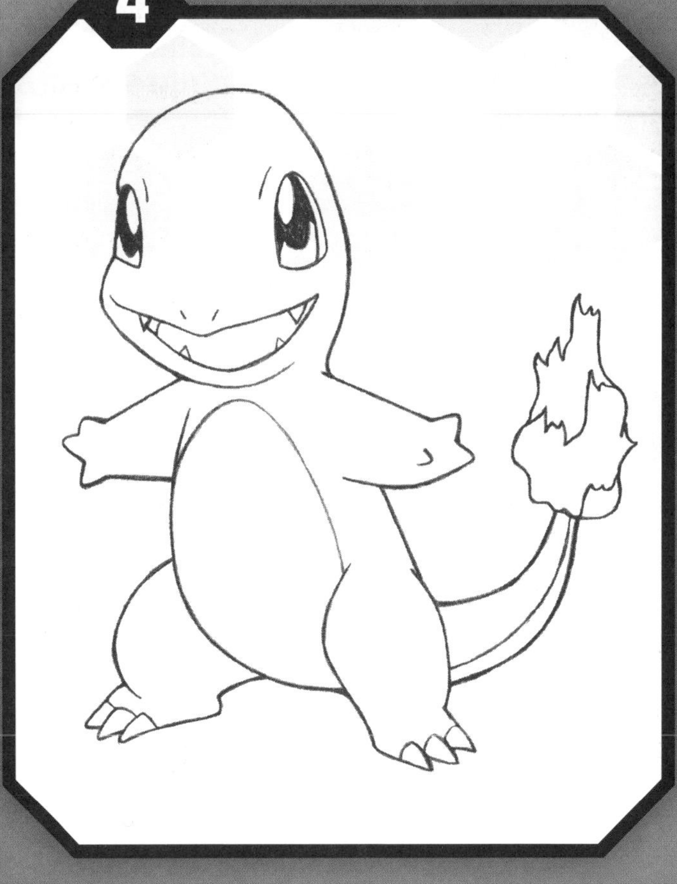

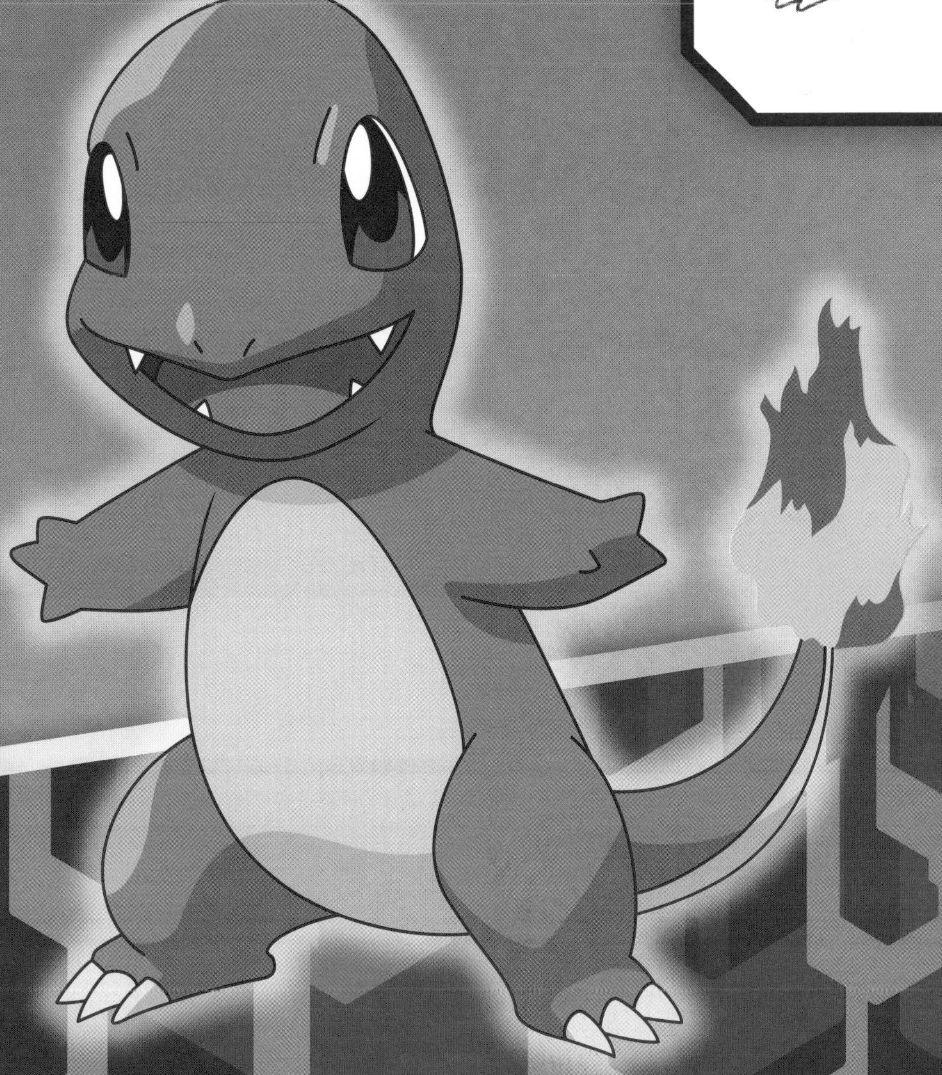

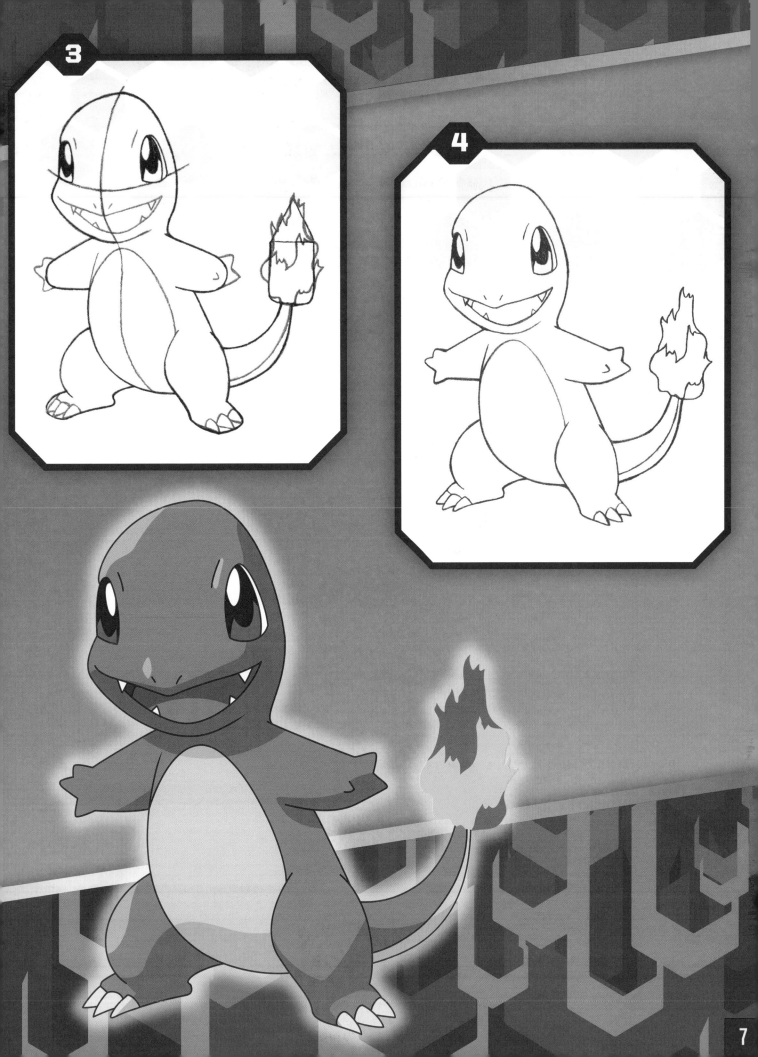

SQUIRTLE

Su caparazón no sólo le sirve para protegerse. Al tener una forma tan suave y redondeada, ofrece muy poca resistencia al agua y le permite nadar a gran velocidad.

1

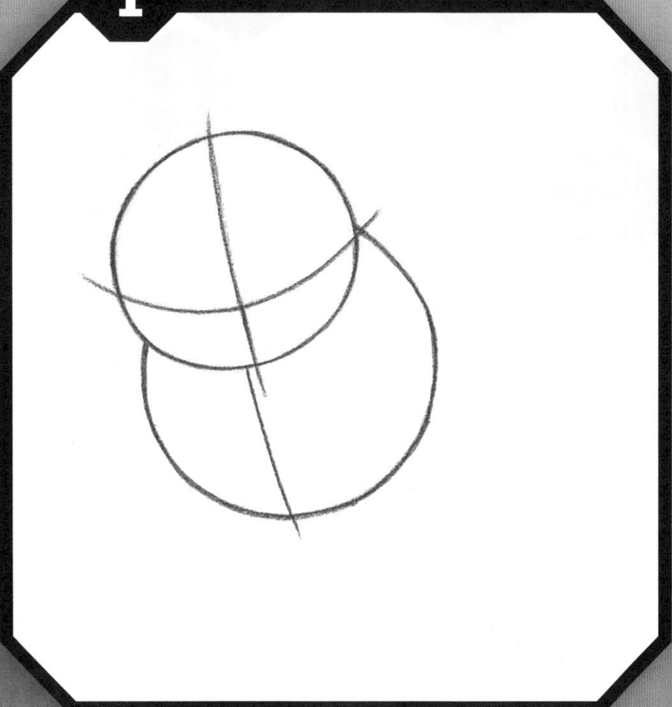

2

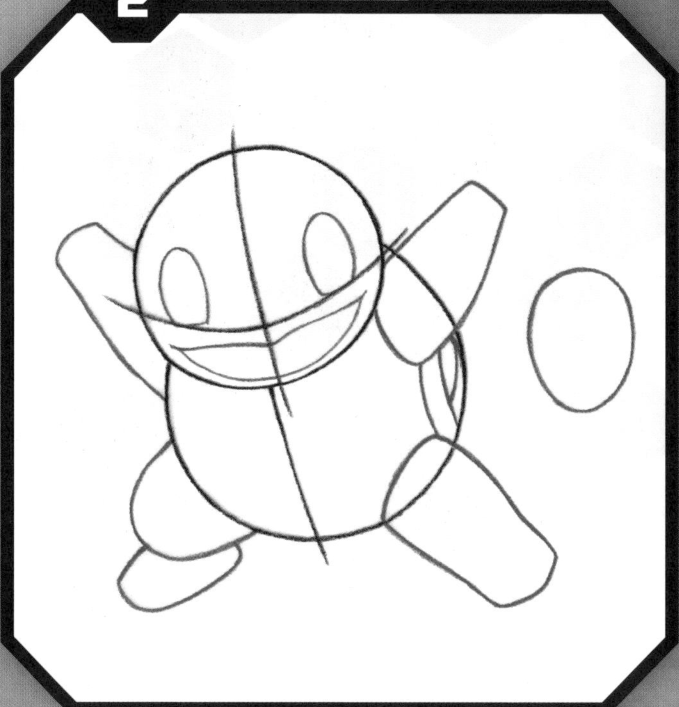

CATEGORÍA: Tortuguita

TIPO: Agua

ALTURA: 0,5 m

PESO: 9,0 kg

3

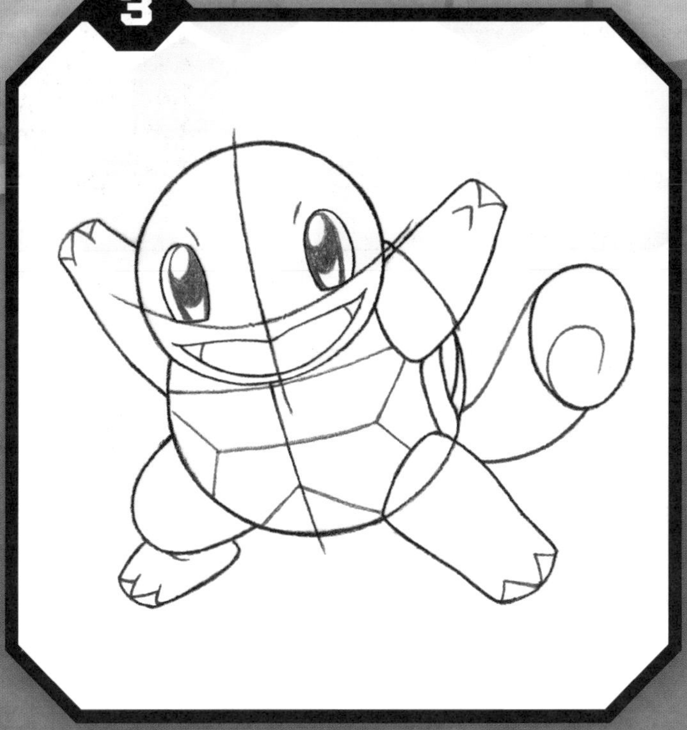

4

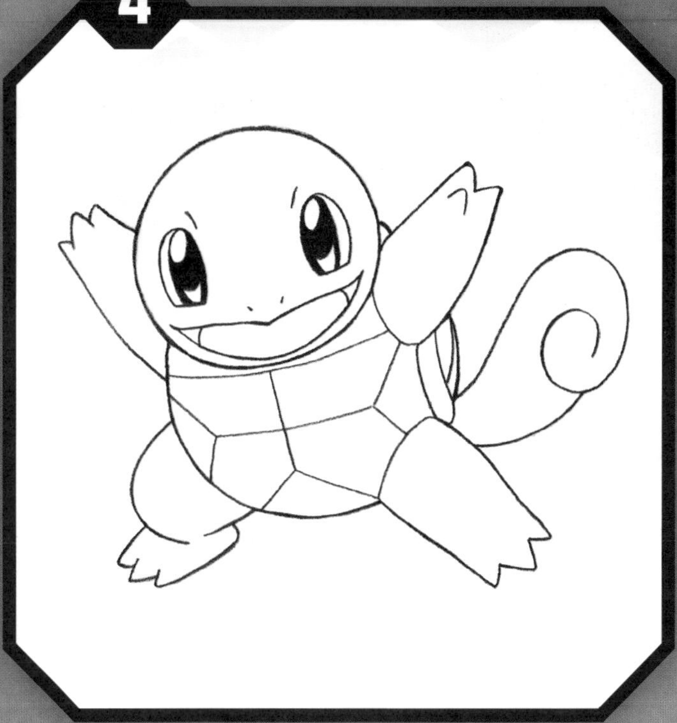

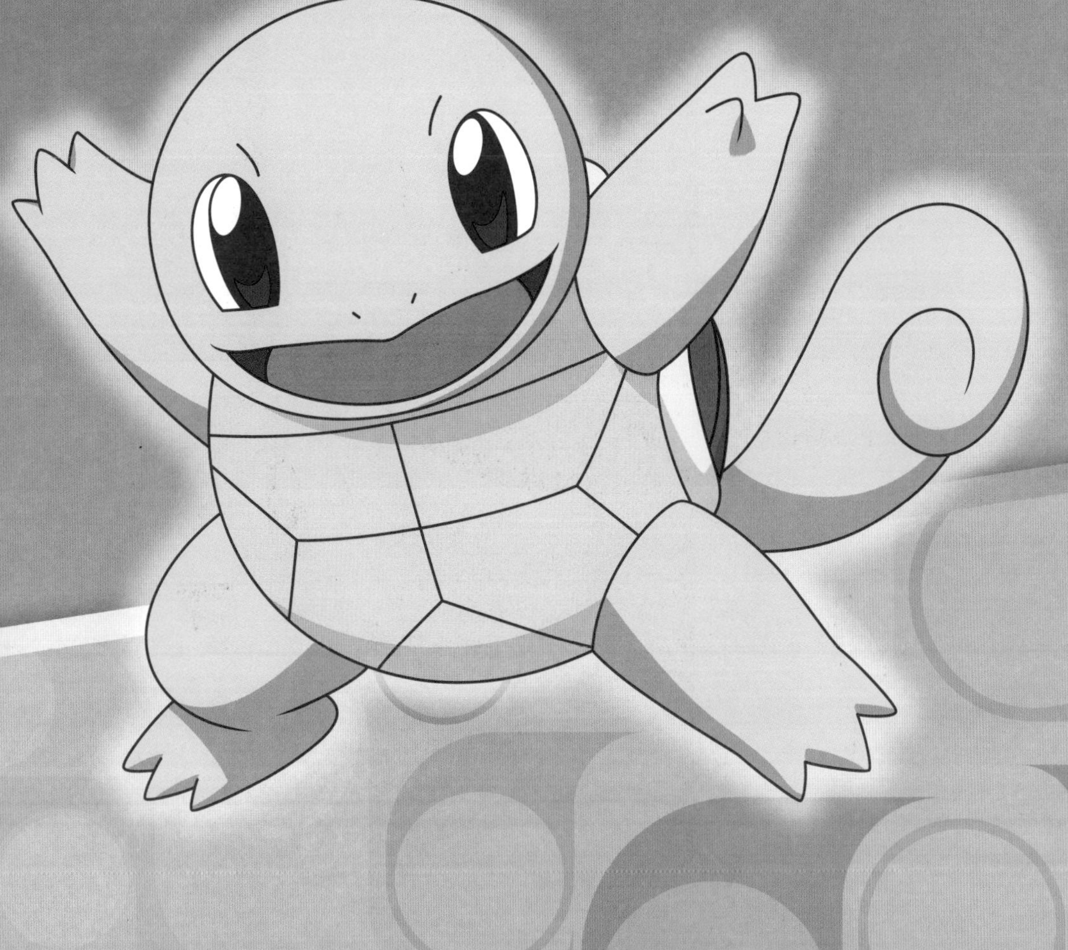

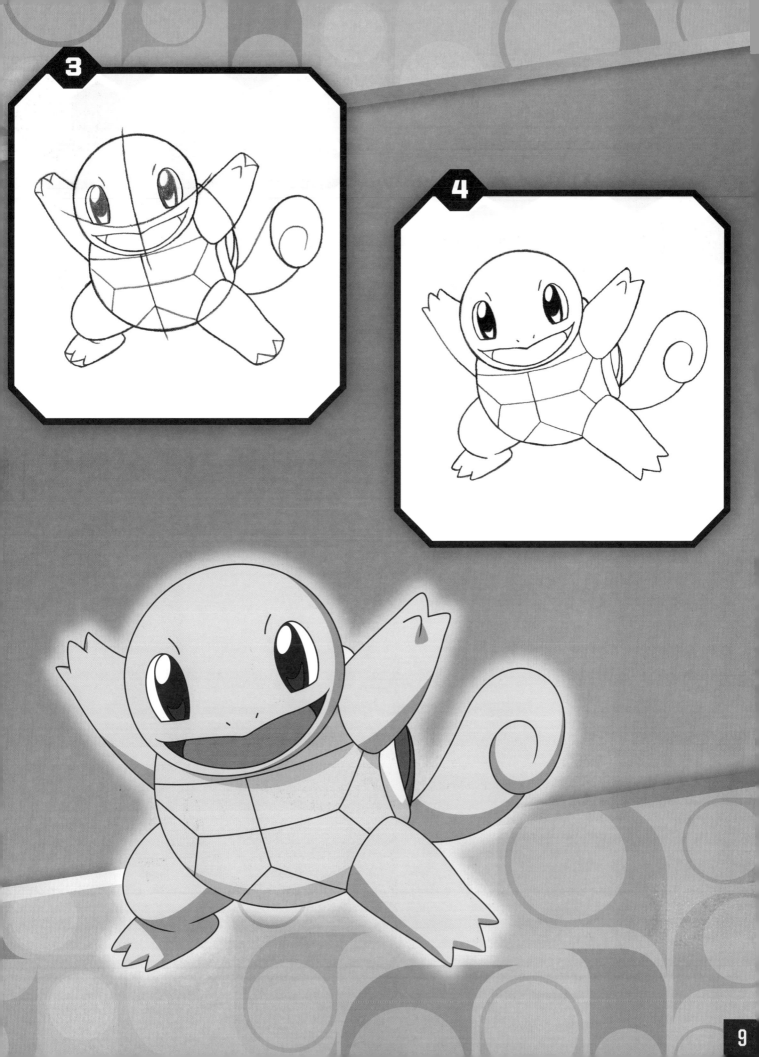

CHIKORITA

A la hora de pelear, Chikorita ondea su hoja perfumada para mantener a raya a su enemigo.

1

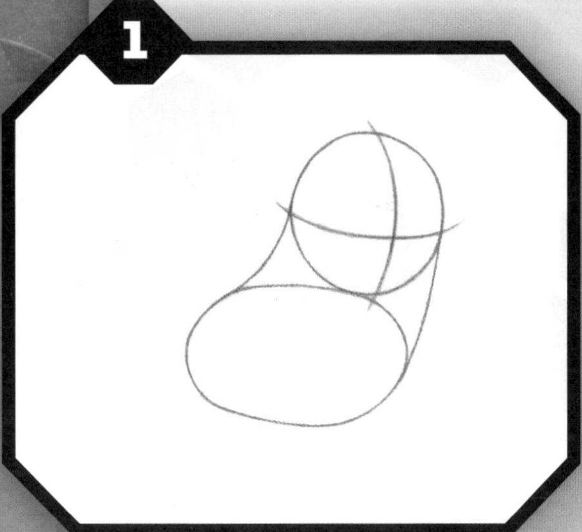

2

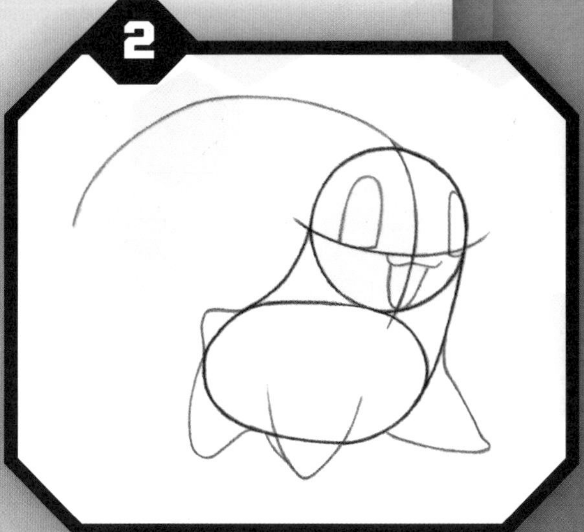

CATEGORÍA: Hoja

TIPO: Planta

ALTURA: 0,9 m

PESO: 6,4 kg

3

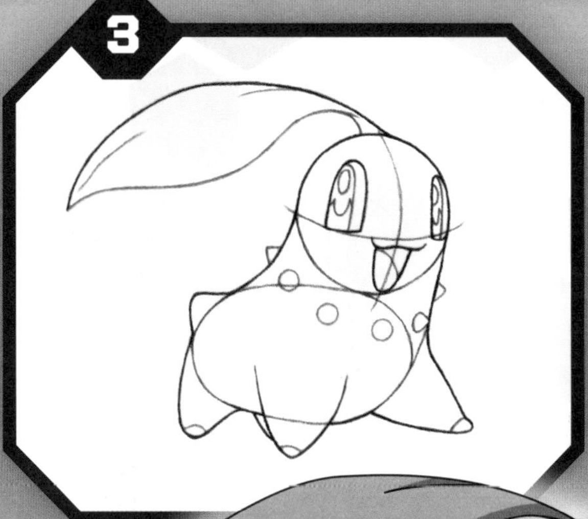

4

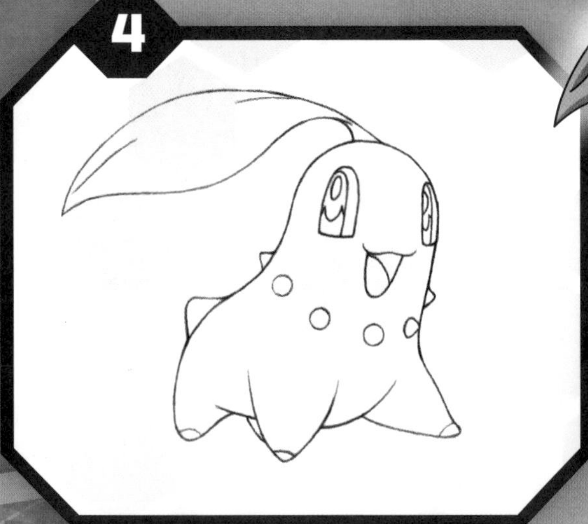

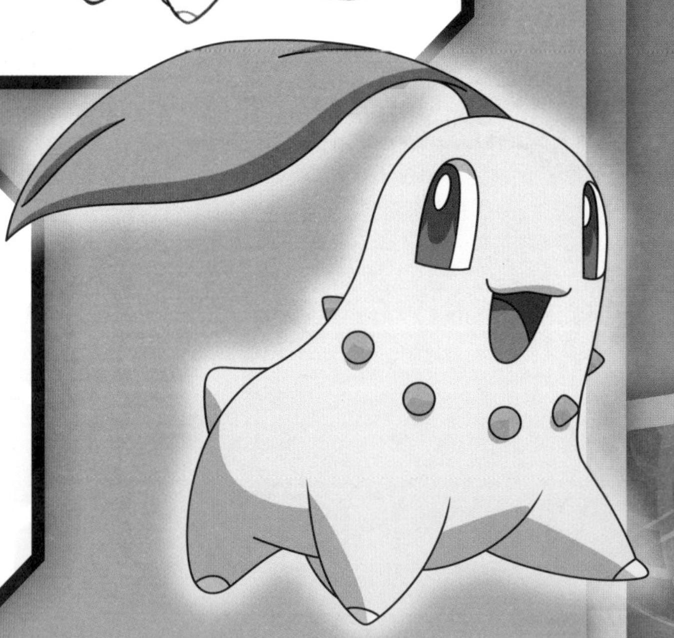

CYNDAQUIL

Las llamas que expulsa por el lomo lo protegen. Pero si está cansado, no brotan con mucha fuerza.

1

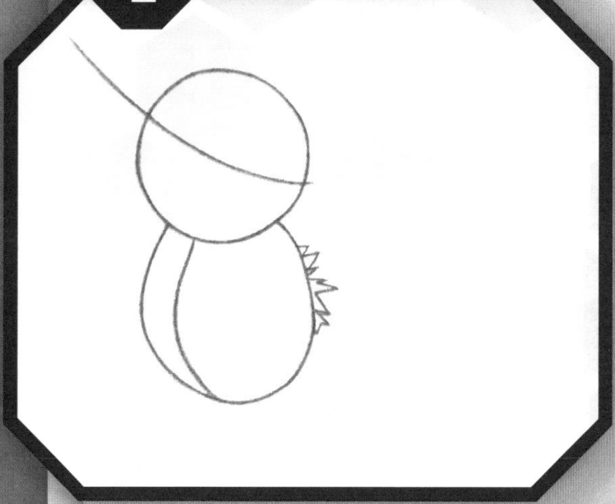

2

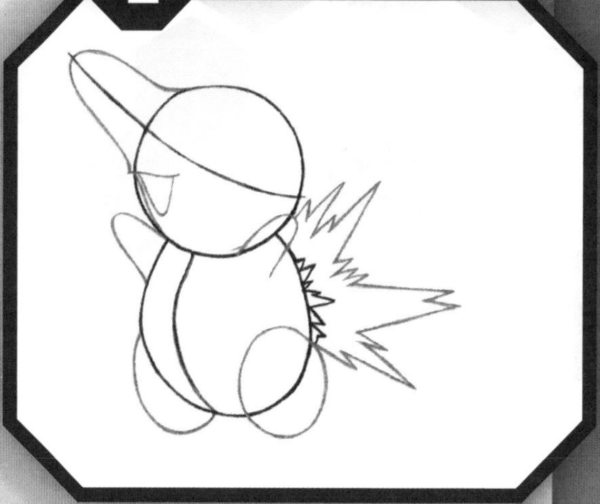

CATEGORÍA: Ratón Fuego

TIPO: Fuego

ALTURA: 0,5 m

PESO: 7,9 kg

3

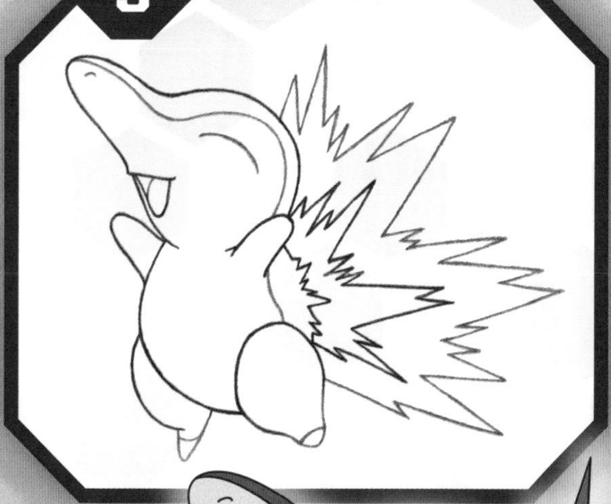

4

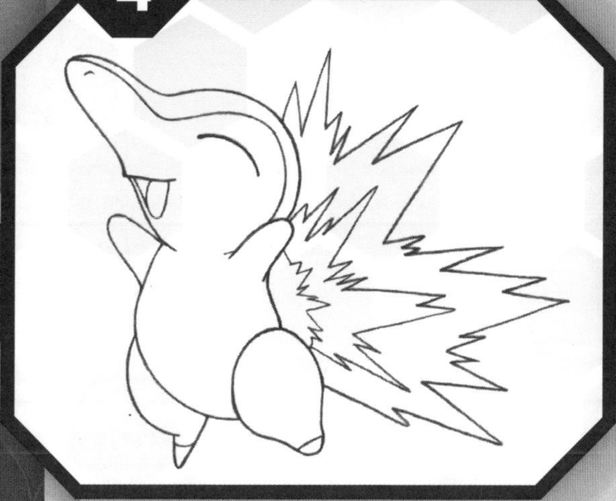

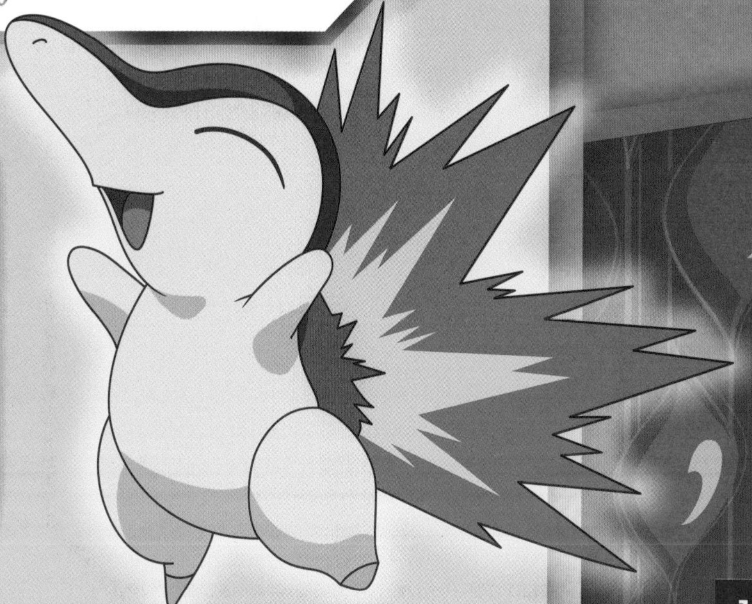

TOTODILE

Sus mandíbulas son tan potentes que pueden hacer mucho daño aun cuando no se lo proponga...

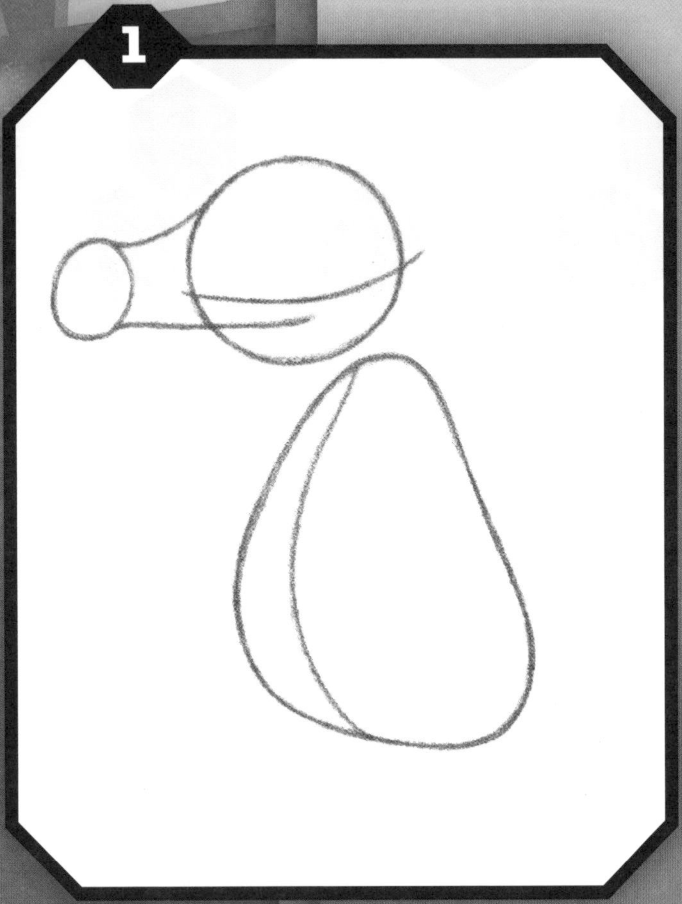
1

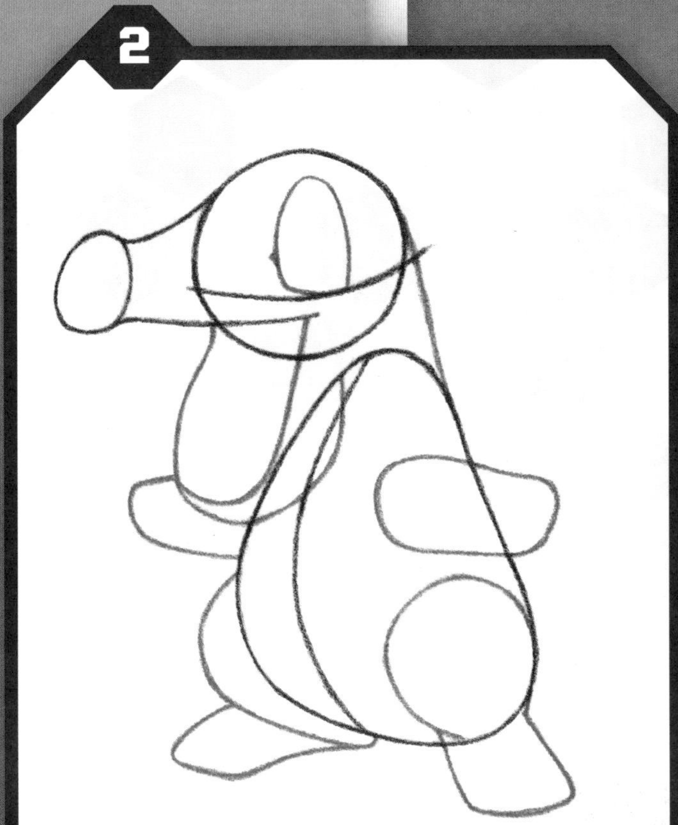
2

CATEGORÍA: Fauces

TIPO: Agua

ALTURA: 0,6 m

PESO: 9,5 kg

3

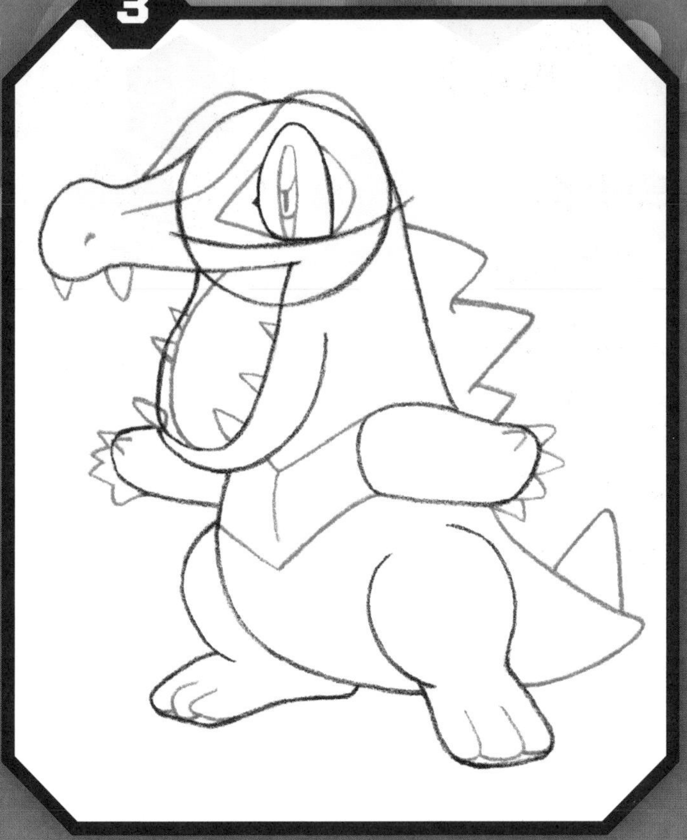

4

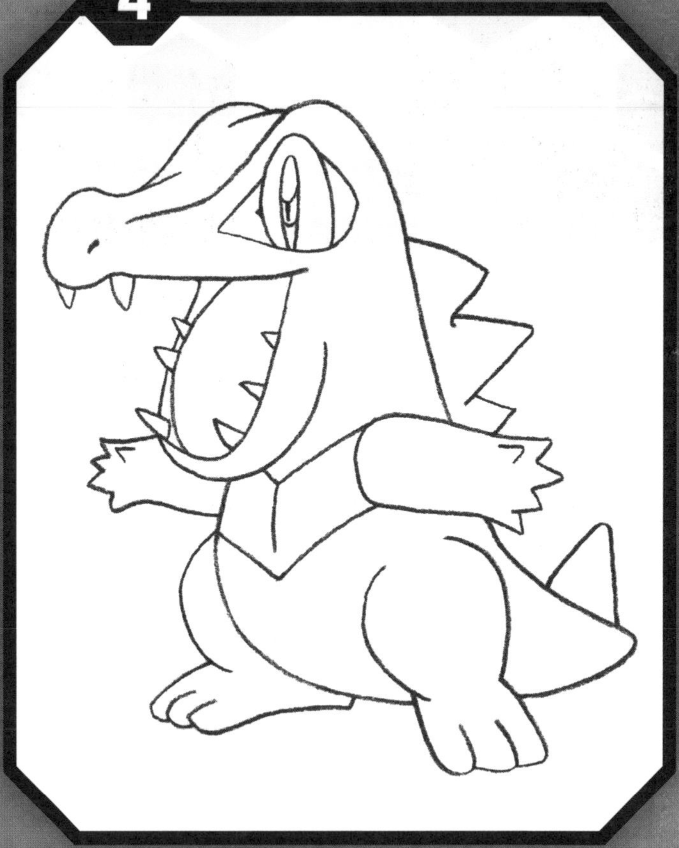

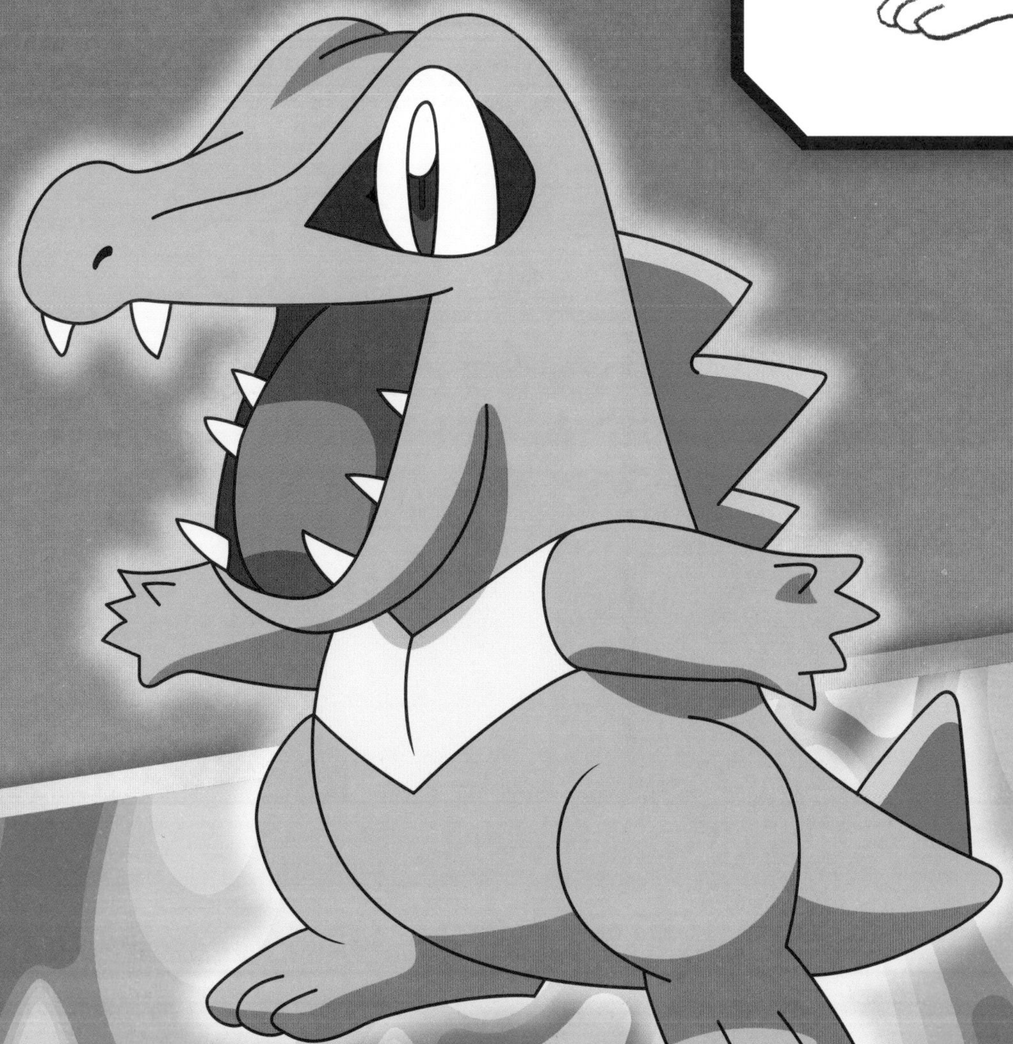

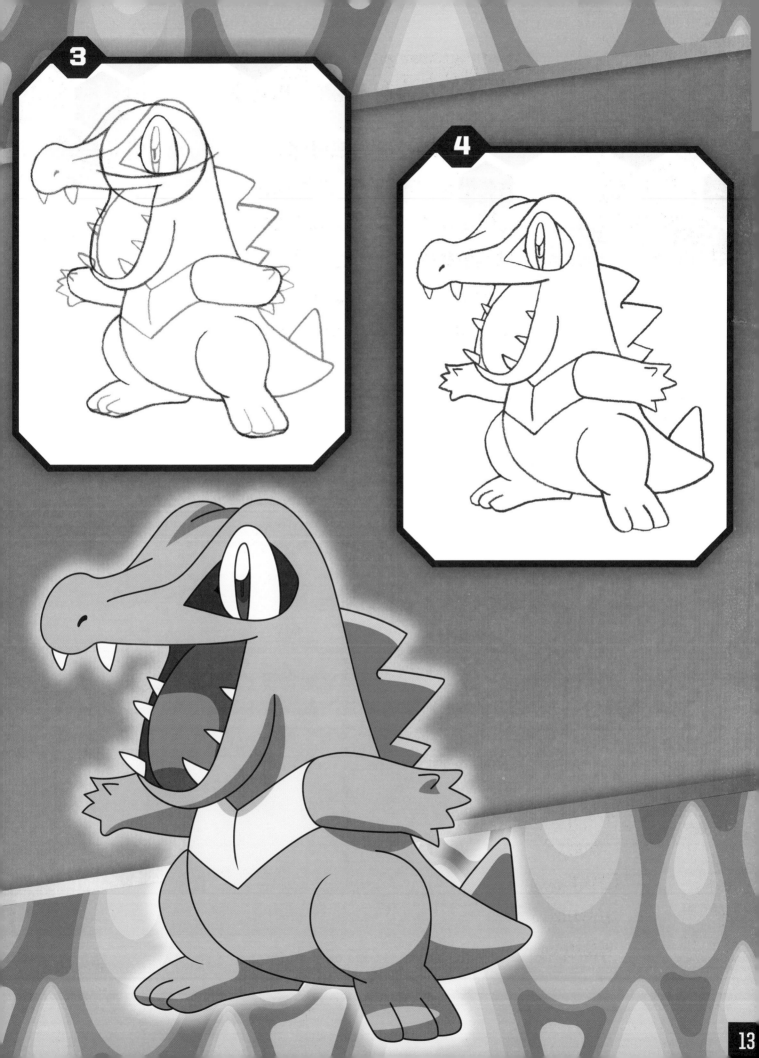

TREECKO

Frío, tranquilo, callado...
Treecko nunca pierde la calma.
Y si alguien pretende provocarlo,
este Pokémon se limitará a darse
la vuelta... aunque sin ceder
un palmo de terreno.

1

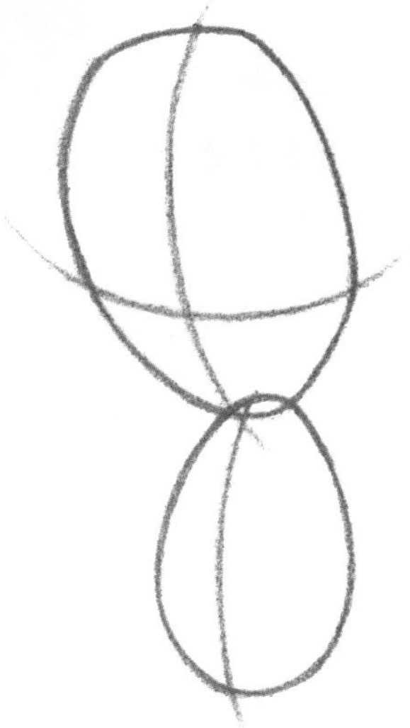

2

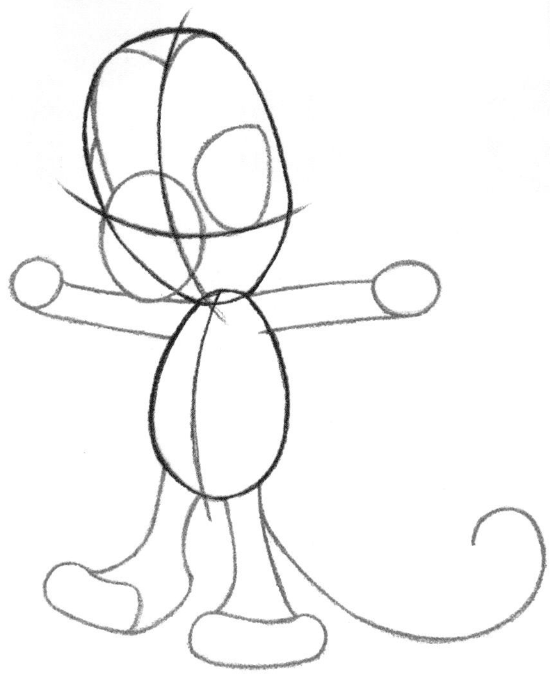

CATEGORÍA: Geco Bosque

TIPO: Planta

ALTURA: 0,5 m

PESO: 5,0 kg

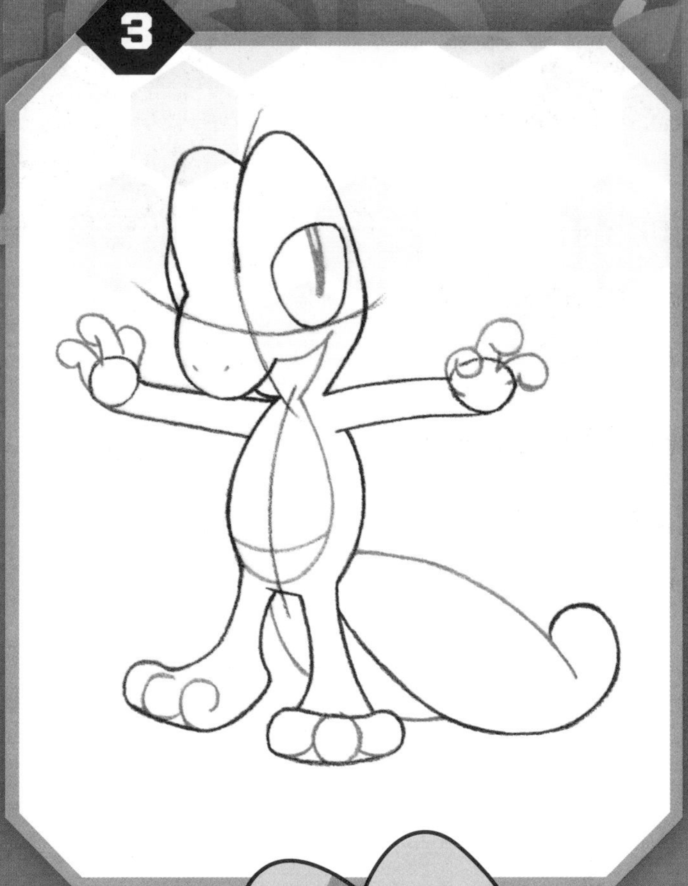
3

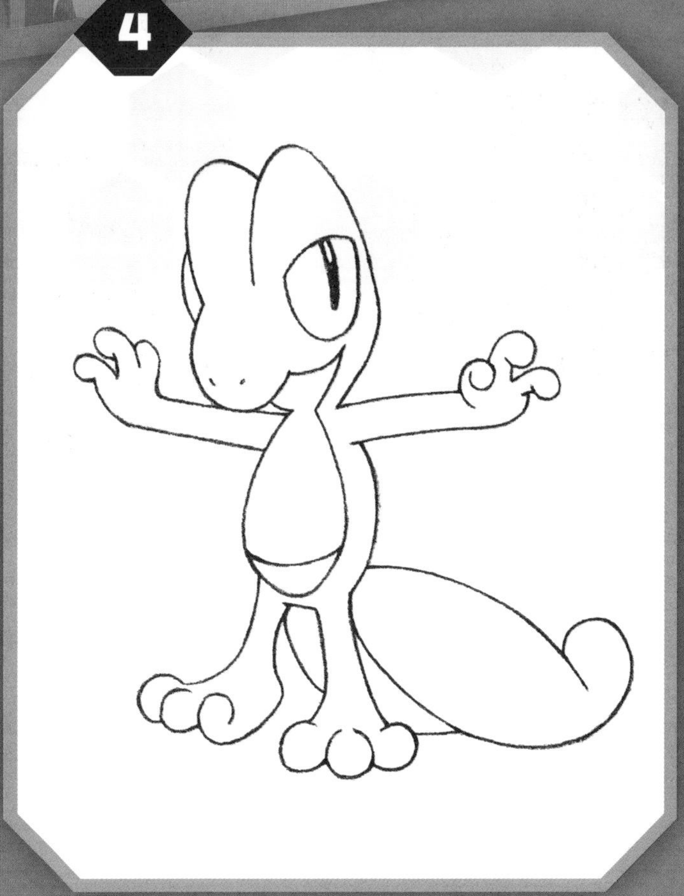
4

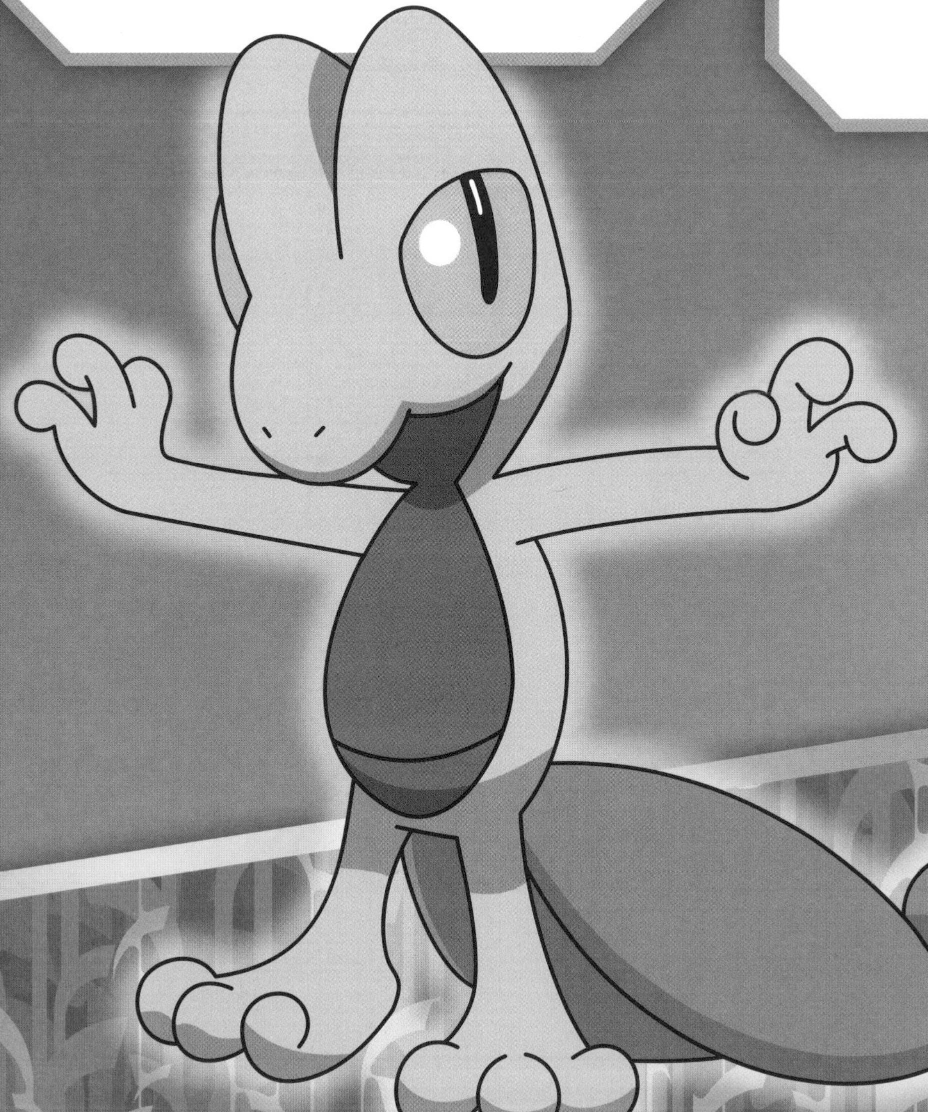

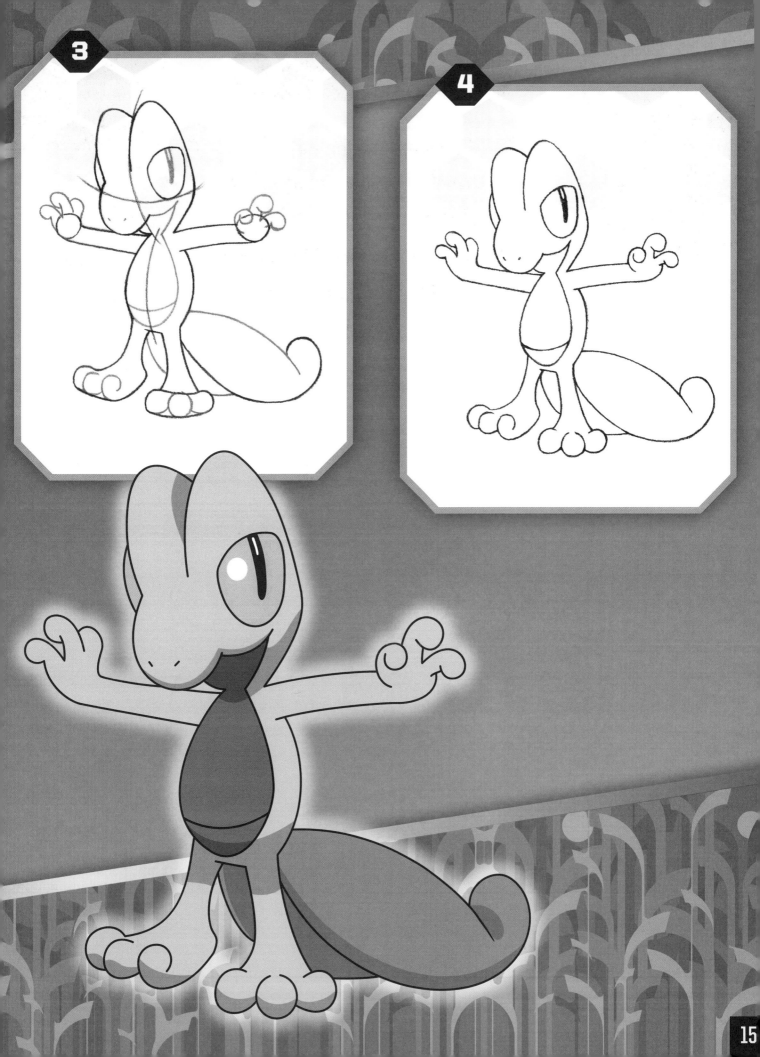

TORCHIC

Pese a su aspecto, este Pokémon recubierto de suave plumaje alberga un potente fuego en su interior. Si lo abrazas, notarás cómo brilla y le sube la temperatura.

1

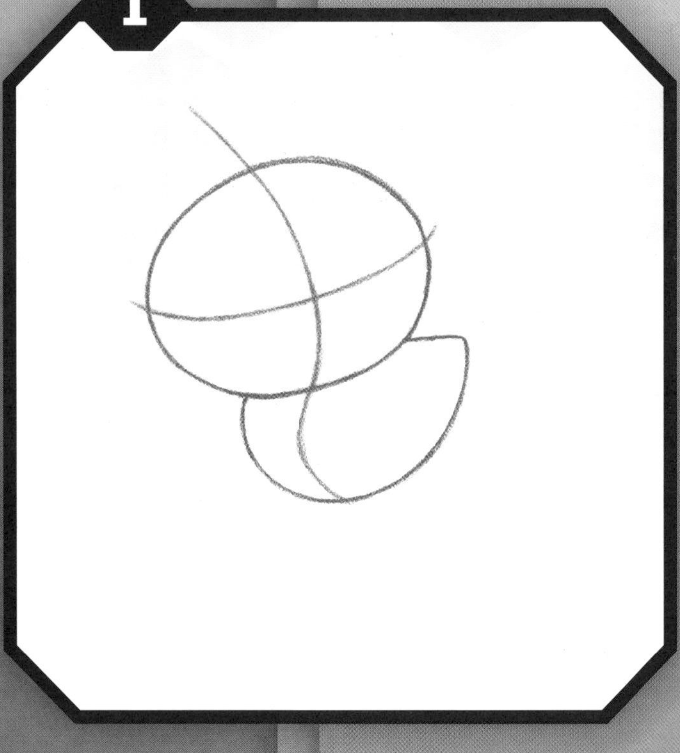

2

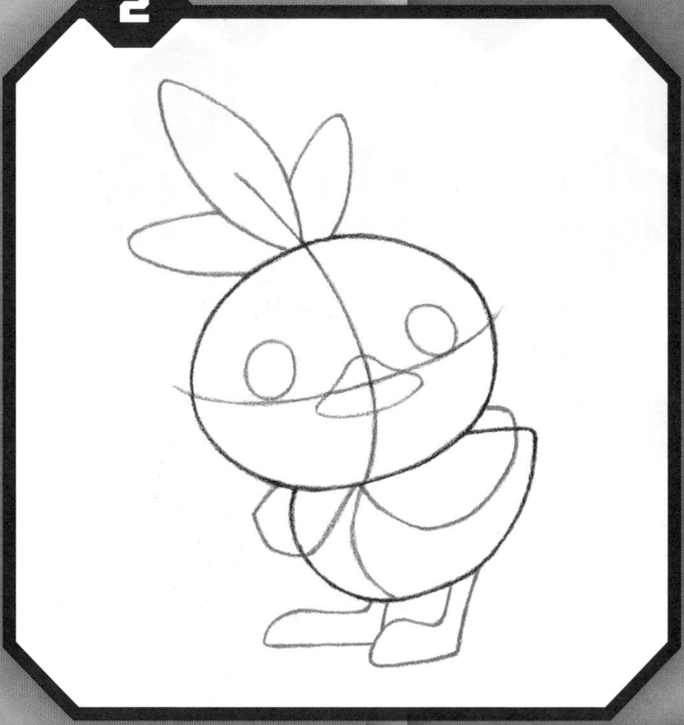

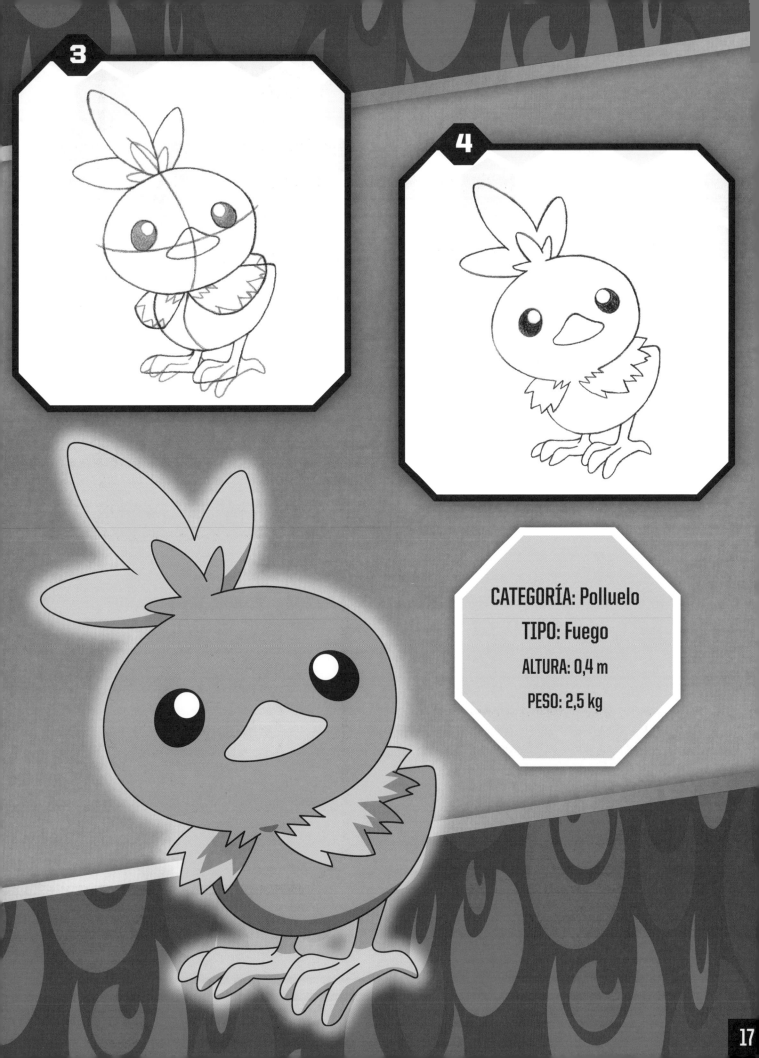

3

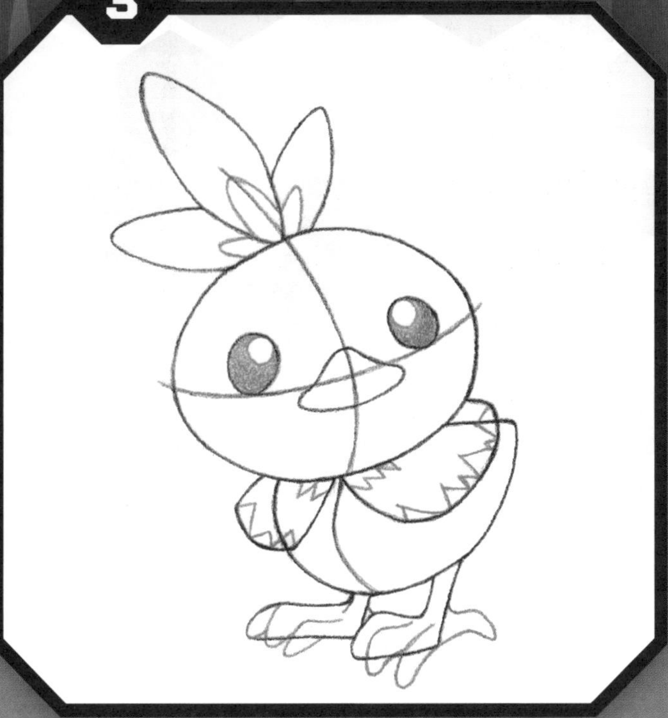

4

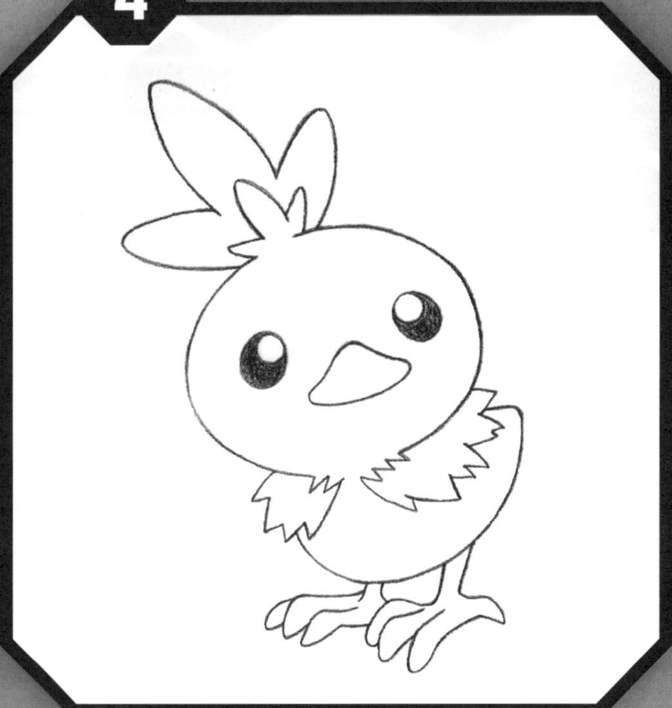

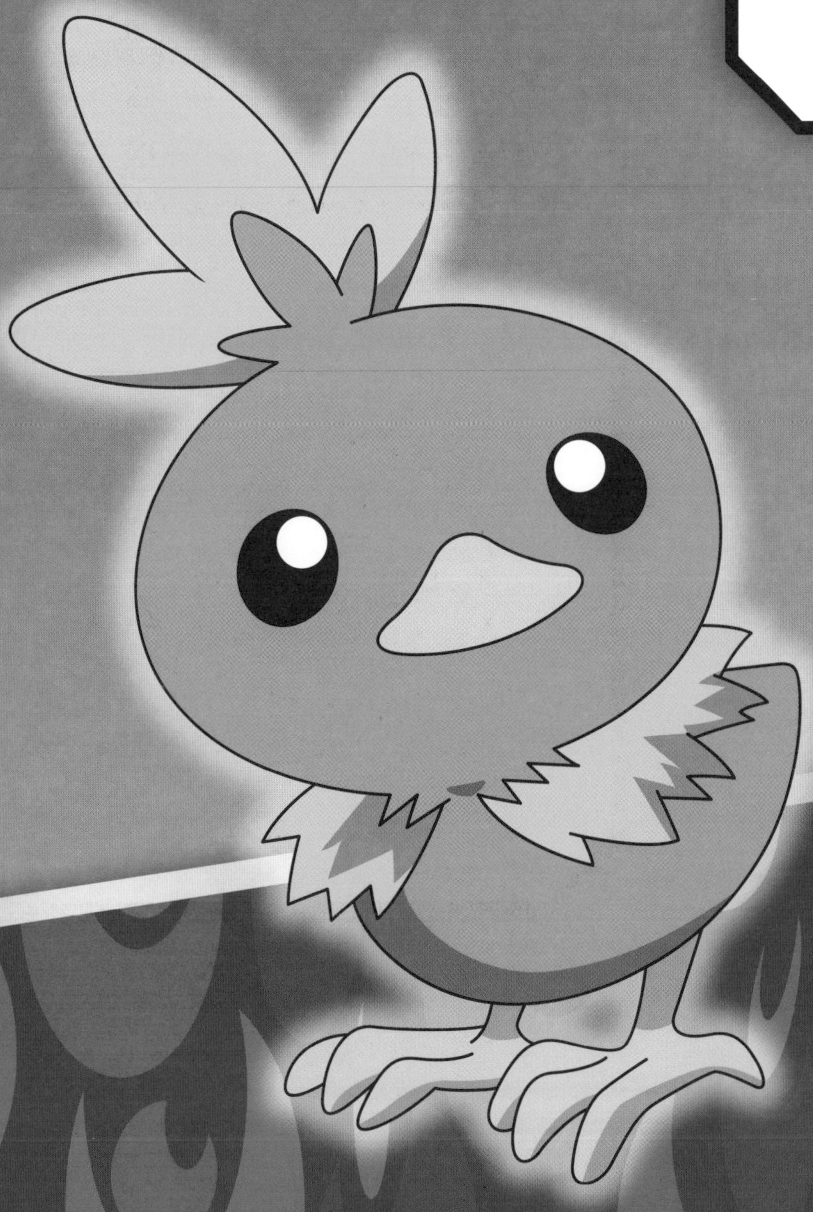

CATEGORÍA: Polluelo

TIPO: Fuego

ALTURA: 0,4 m

PESO: 2,5 kg

MUDKIP

Respira a través de las branquias de sus mejillas. Pero no te dejes engañar por su aspecto: si se ve en apuros, desarrollará una fuerza tal que puede incluso moler una roca.

1

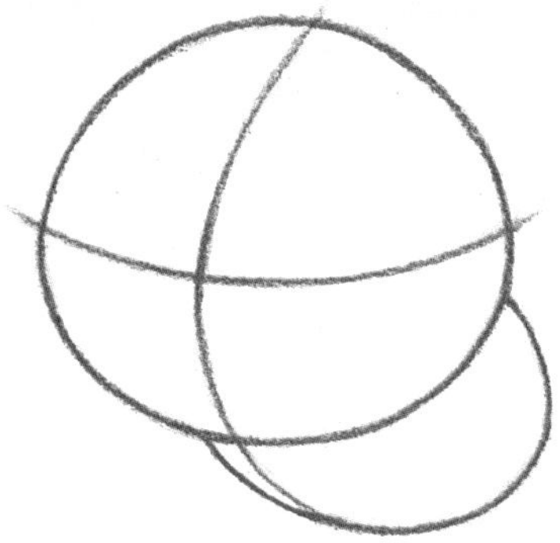

2

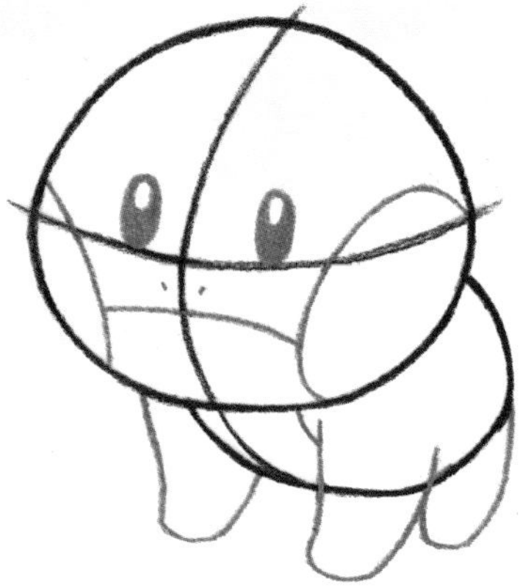

CATEGORÍA: Pez Lodo

TIPO: Agua

ALTURA: 0,4 m

PESO: 7,6 kg

3

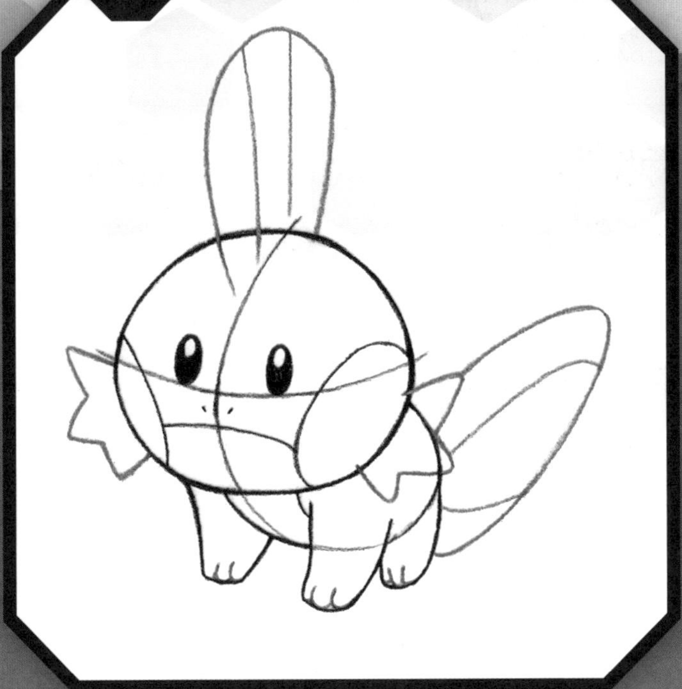

4

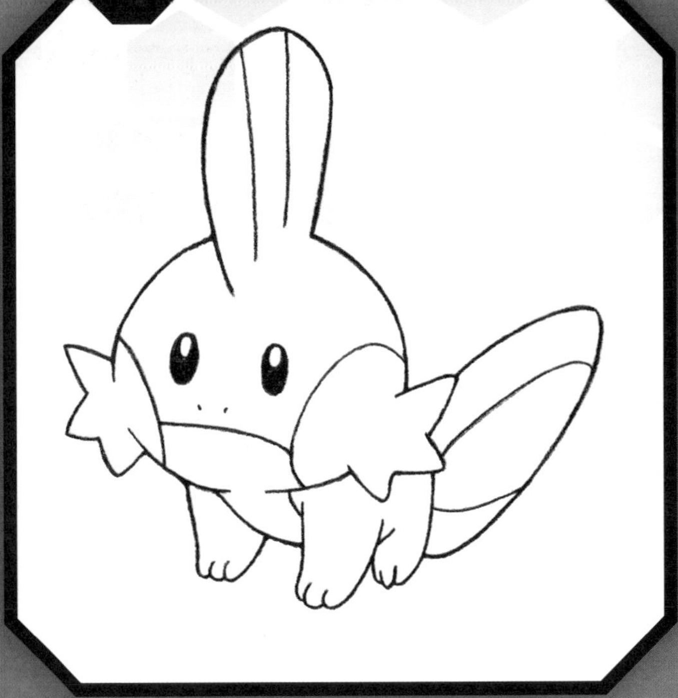

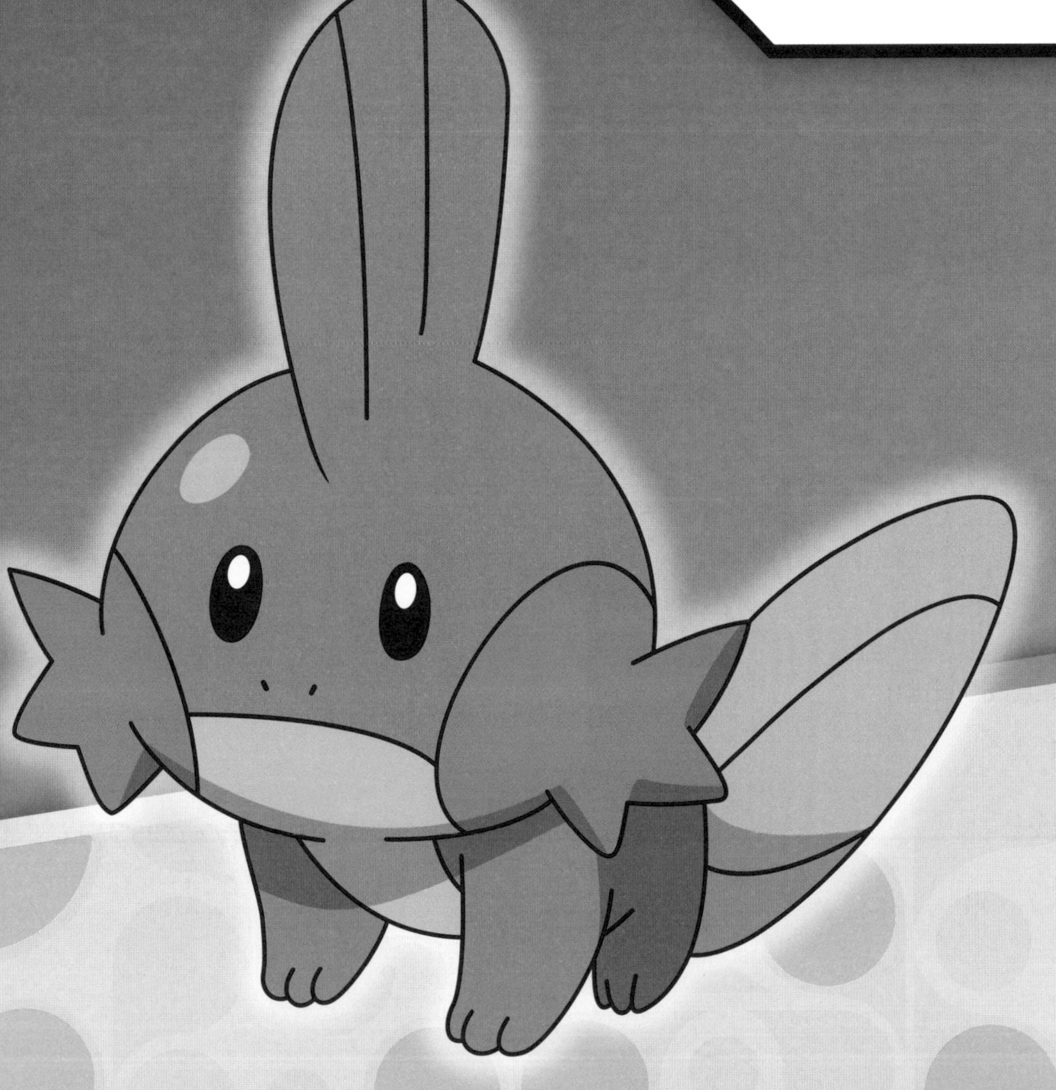

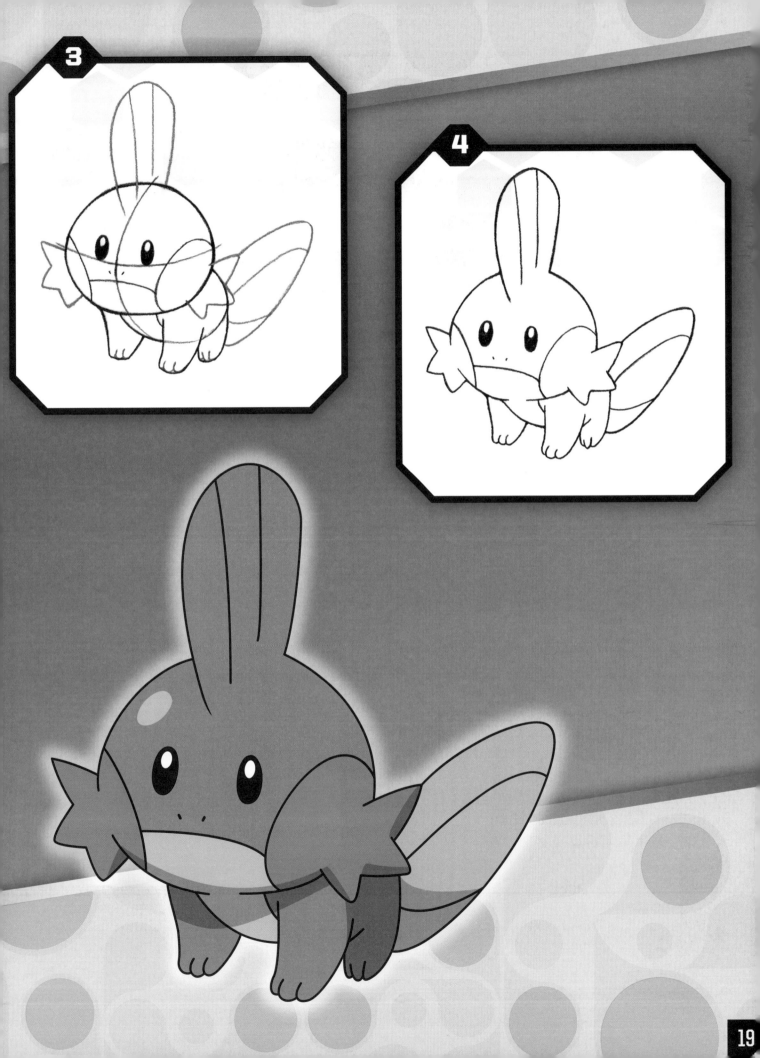

TURTWIG

Vive cerca de los lagos, donde pasa el tiempo generando oxígeno mediante la fotosíntesis. Posee un caparazón de tierra que se endurece cuando bebe agua.

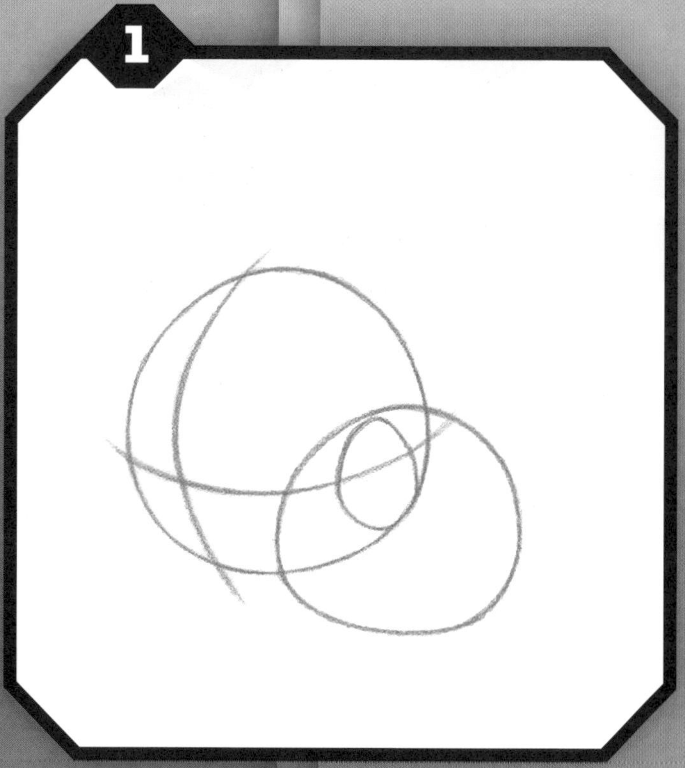
1

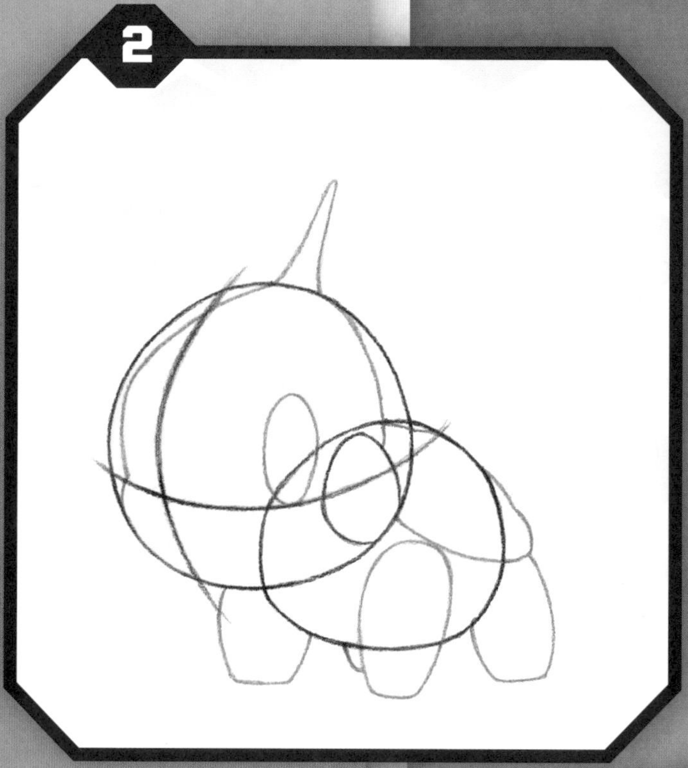
2

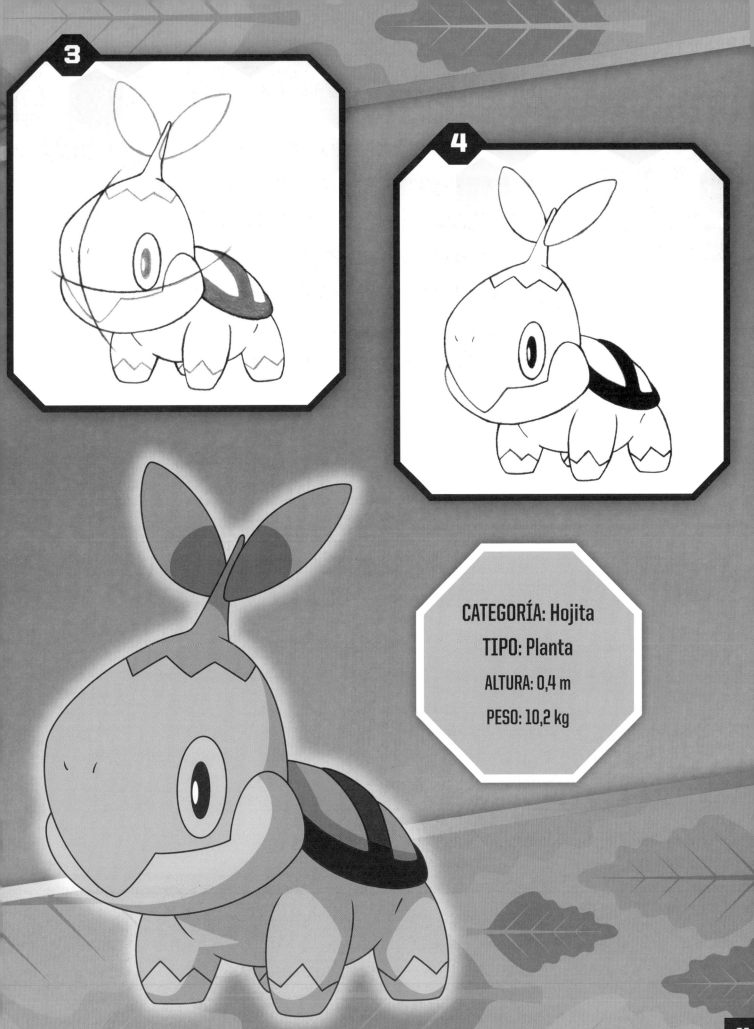

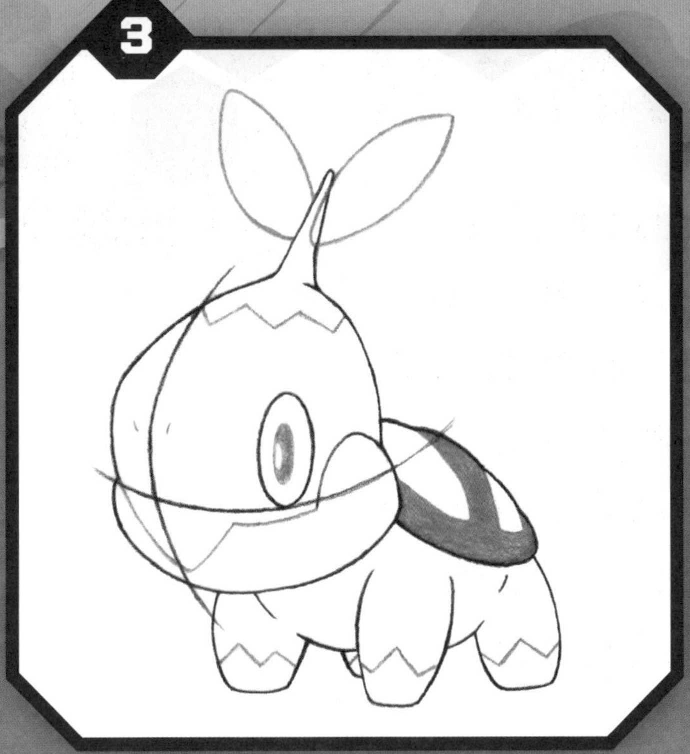
3

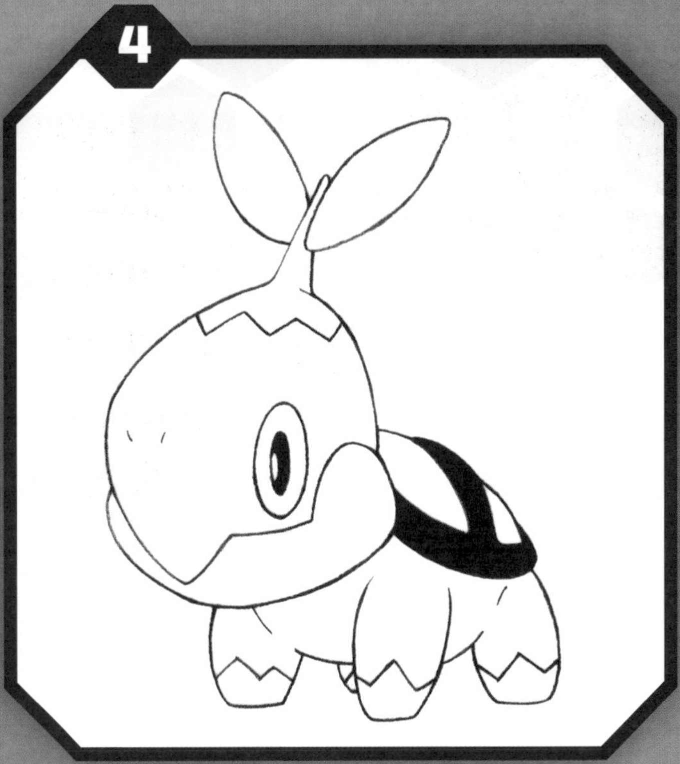
4

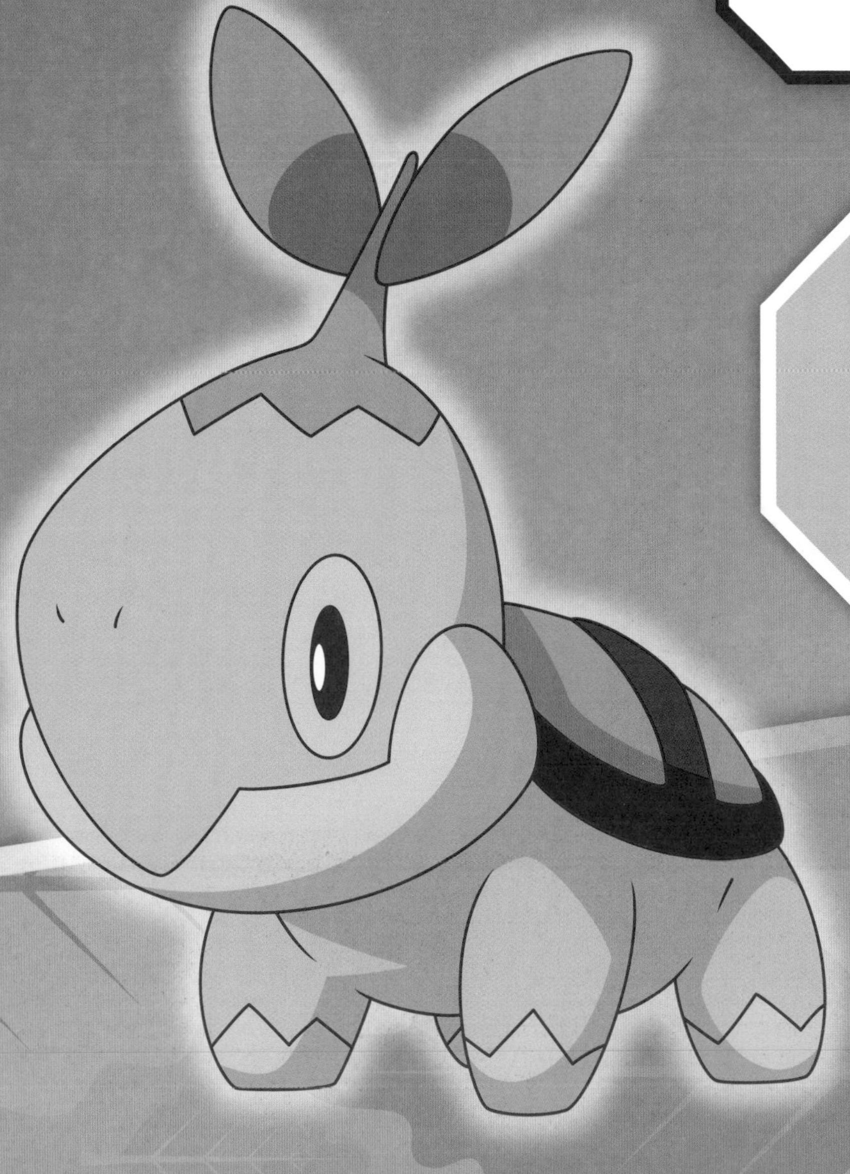

CATEGORÍA: Hojita

TIPO: Planta

ALTURA: 0,4 m

PESO: 10,2 kg

CHIMCHAR

Le encanta vivir en las cumbres más escarpadas, a las que trepa con gran agilidad. Desprende llamaradas que se alimentan del gas que se produce en su vientre y sólo se apagan cuando está dormido. Ni siquiera la lluvia puede extinguirlas.

1

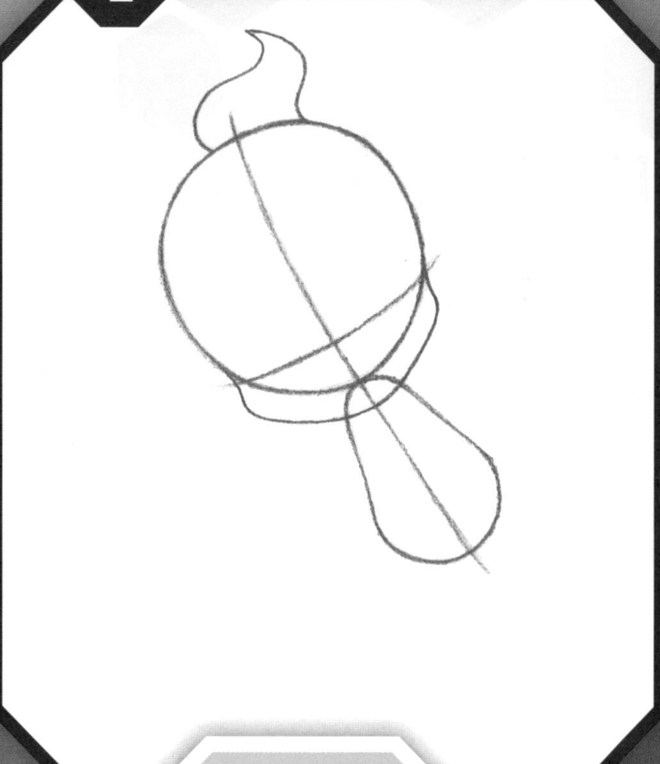

2

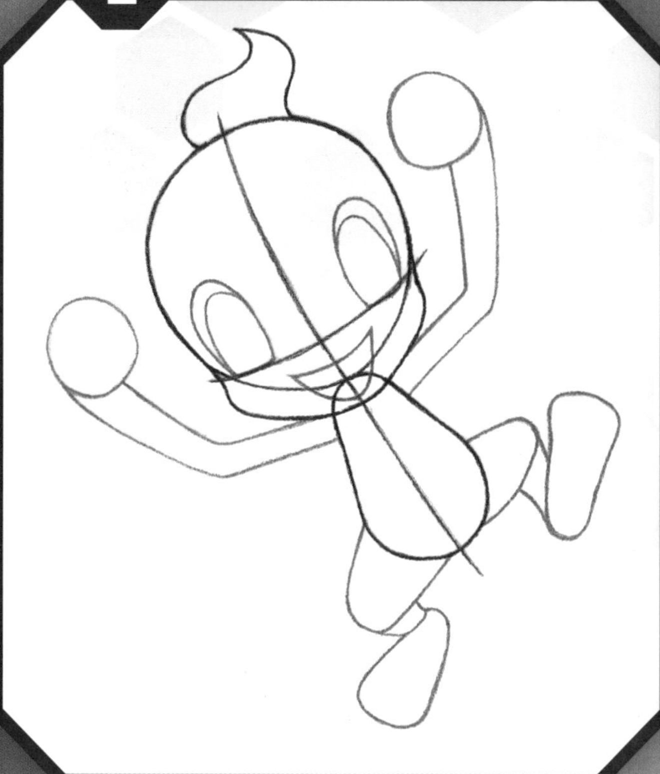

CATEGORÍA: Chimpancé

TIPO: Fuego

ALTURA: 0,5 m

PESO: 6,2 kg

3

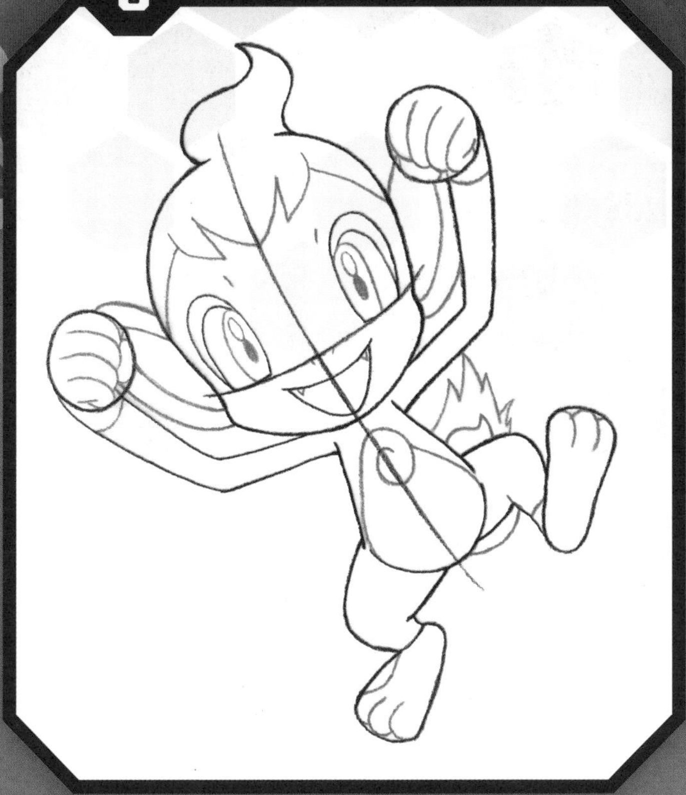

4

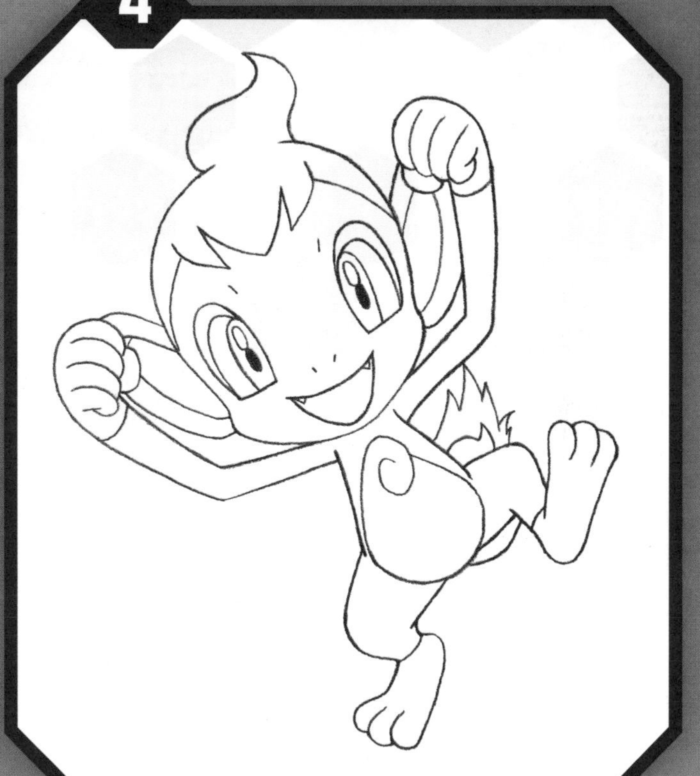

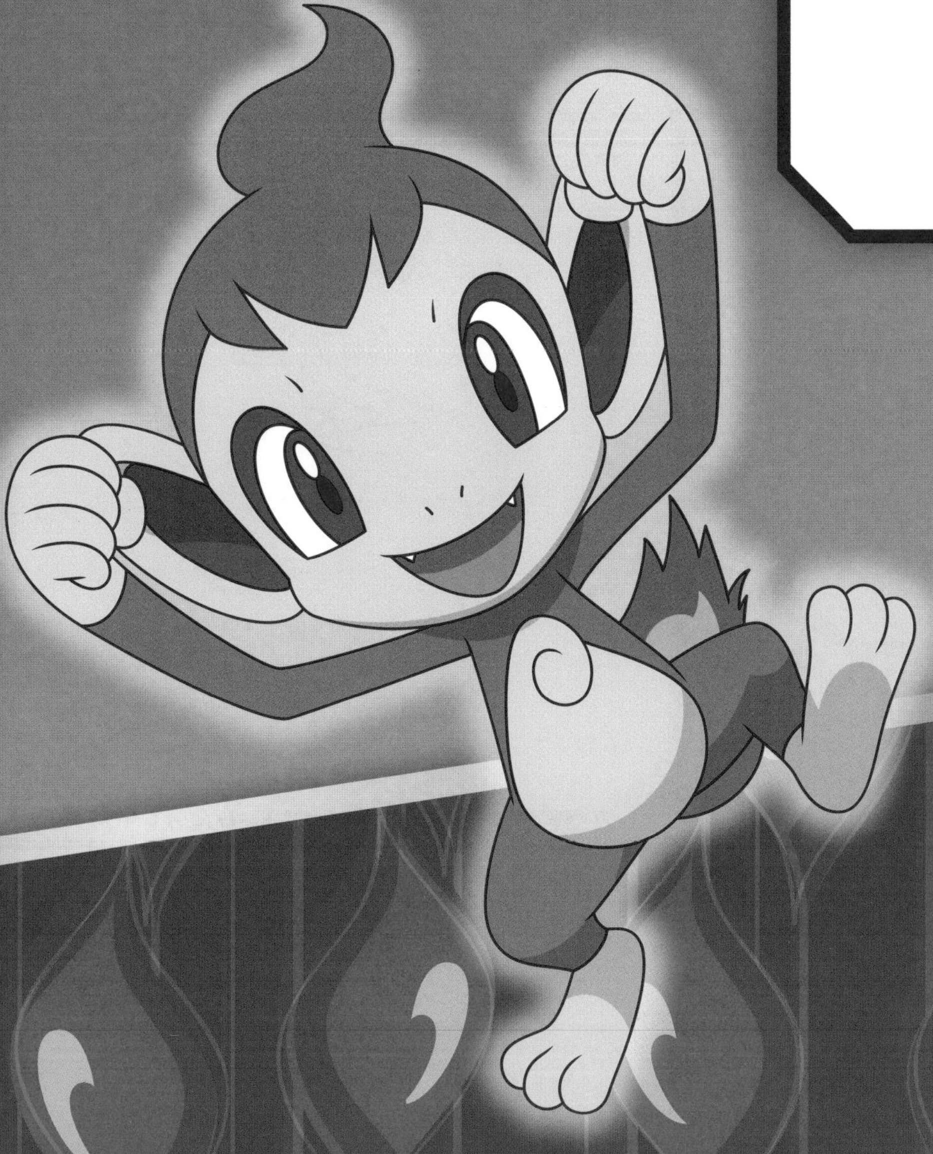

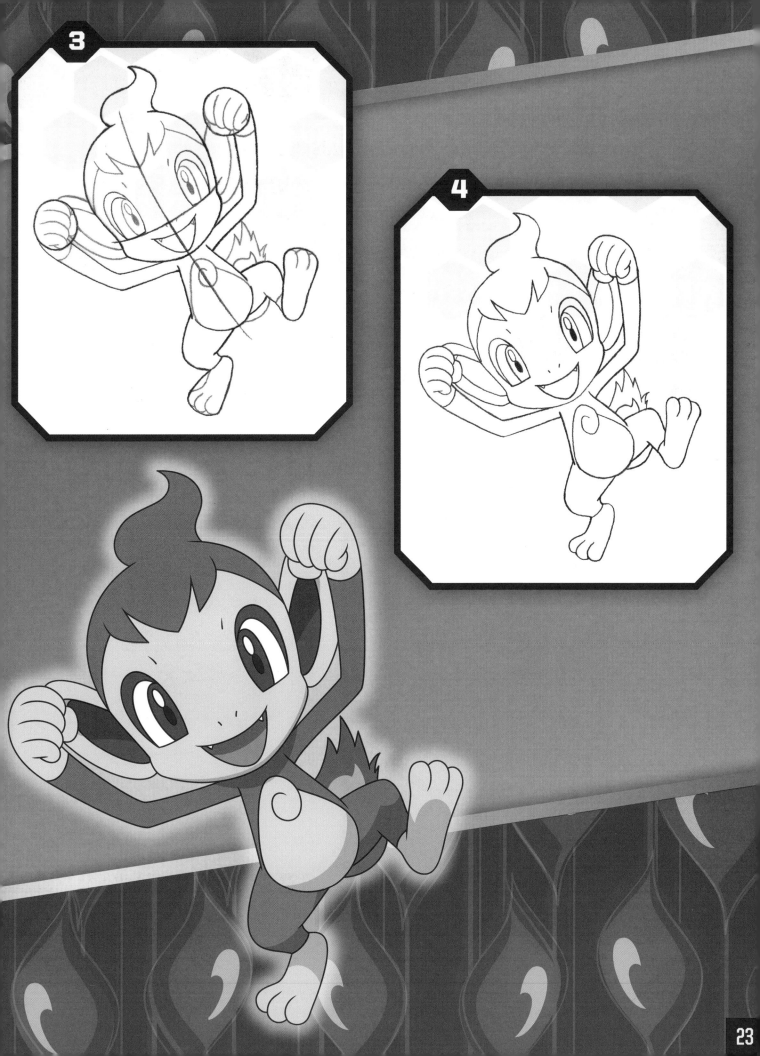

PIPLUP

De carácter muy orgulloso, no soporta que nadie le ofrezca comida. Nada con mucha soltura y puede permanecer hasta 10 minutos bajo el agua. Su espeso plumaje le protege del frío.

1

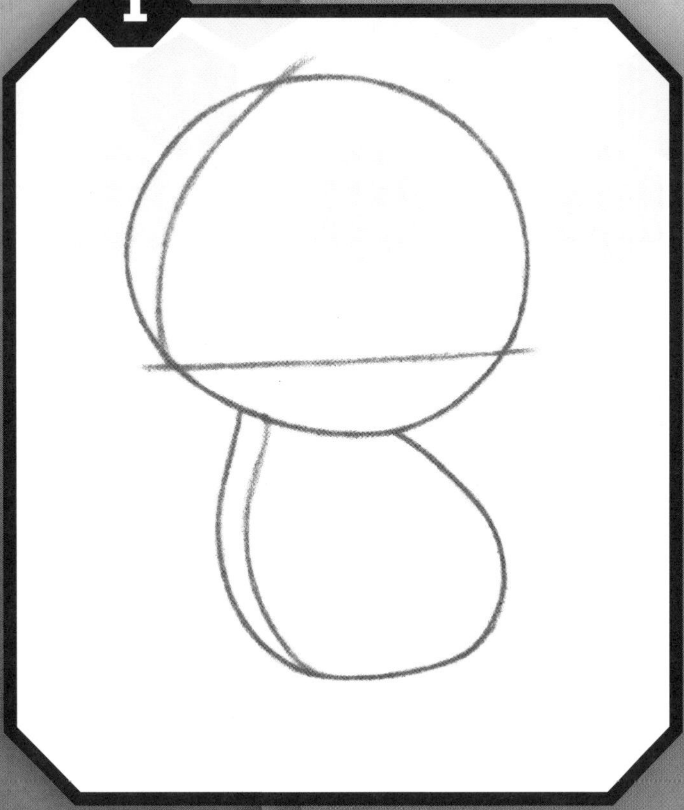

2

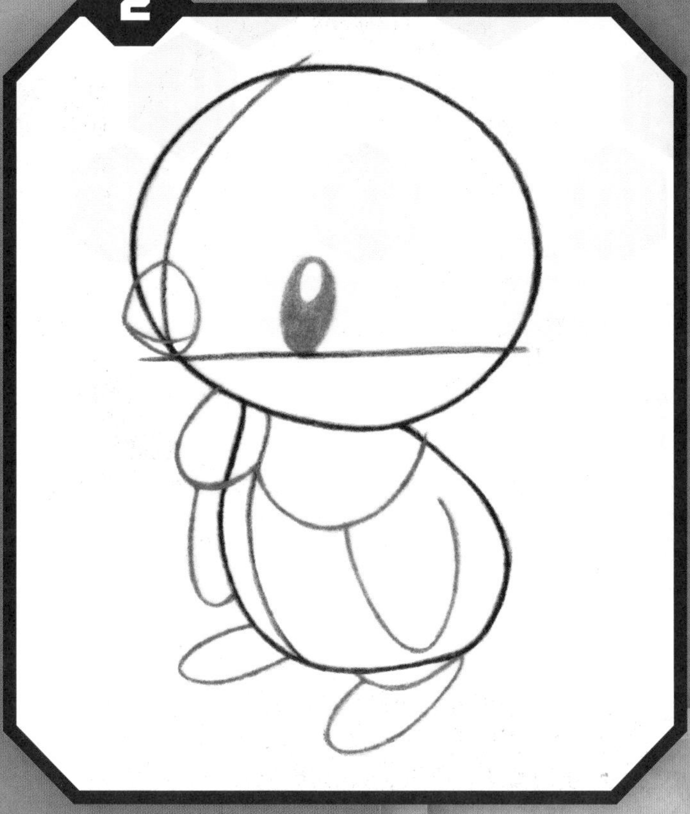

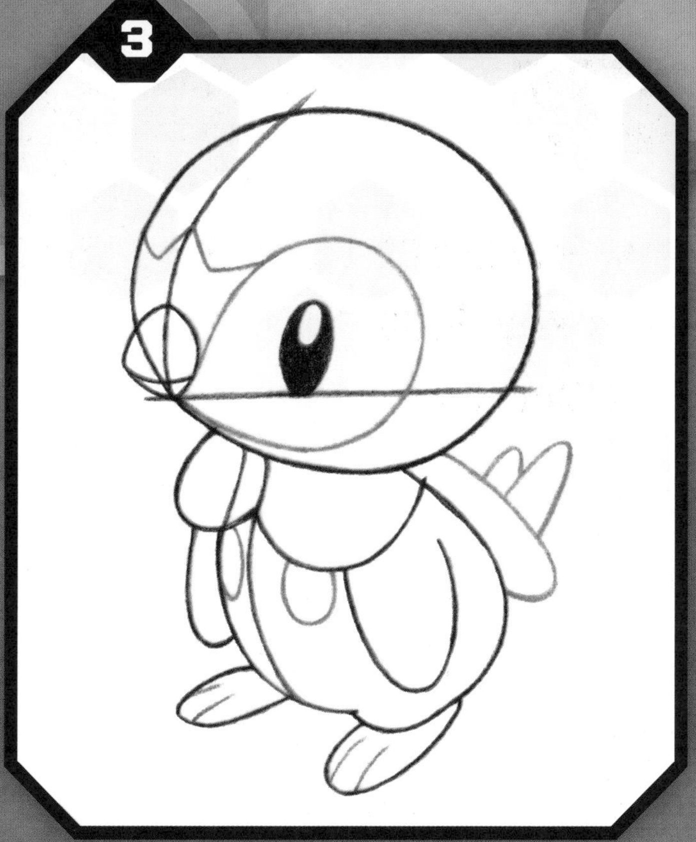
3

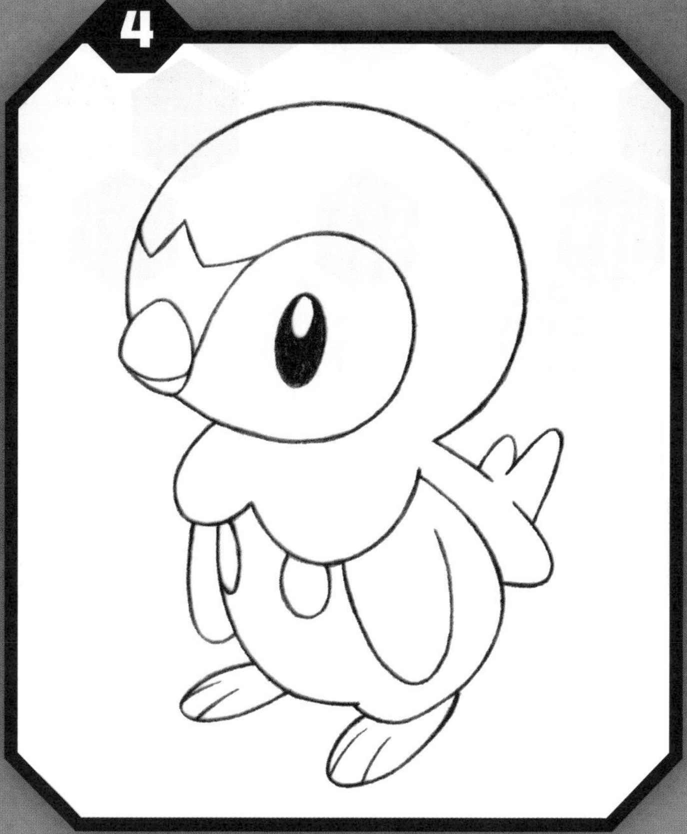
4

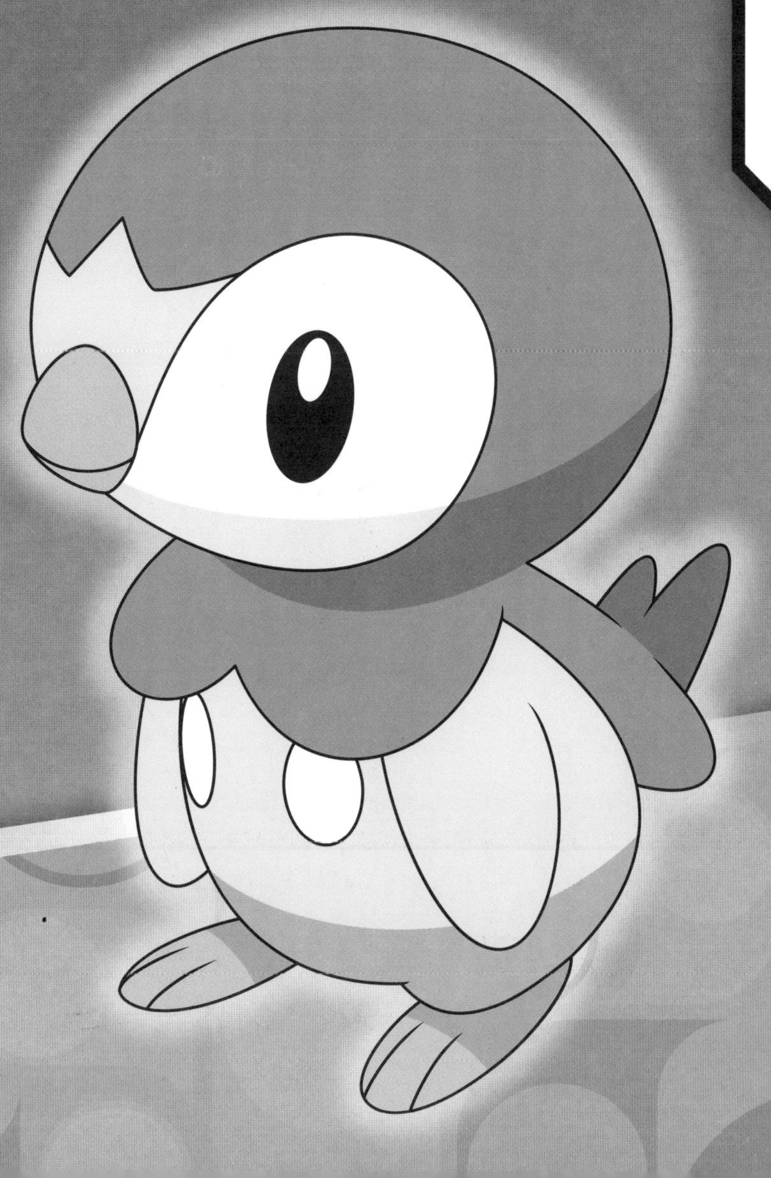

CATEGORÍA: Pingüino

TIPO: Agua

ALTURA: 0,4 m

PESO: 5,2 kg

SNIVY

Inteligente y tranquilo, este Pokémon Planta utiliza la cola para captar la luz del sol y realizar la fotosíntesis.

1

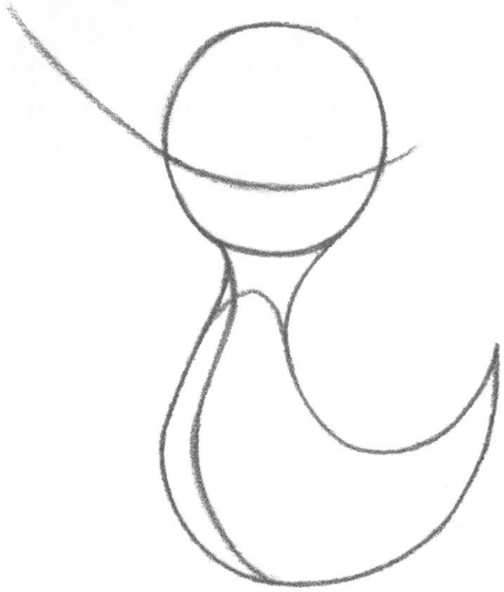

CATEGORÍA:
Serpiente Hierba

TIPO: Planta

ALTURA: 0,6 m

PESO: 8,1 kg

2

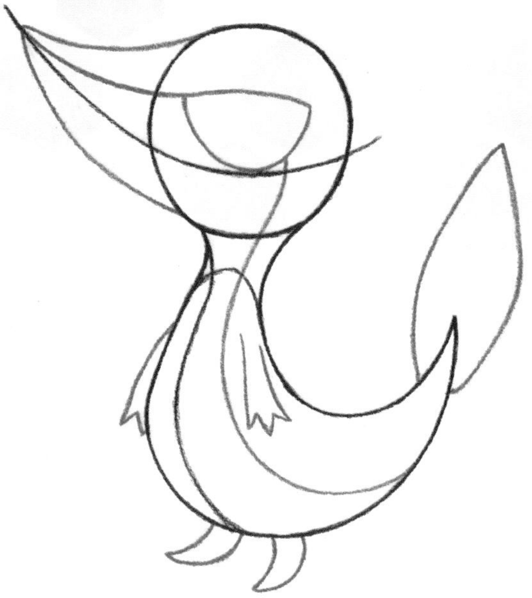

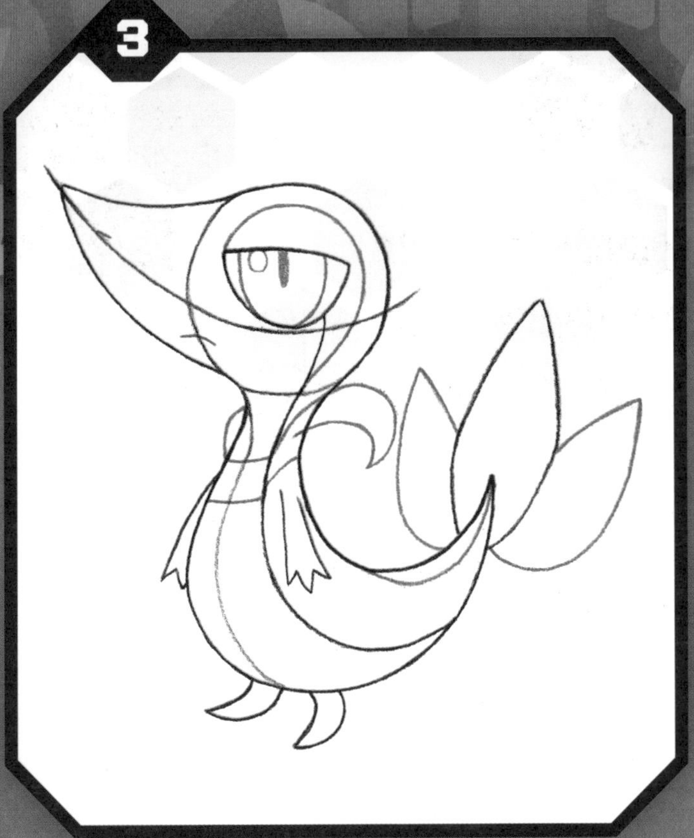

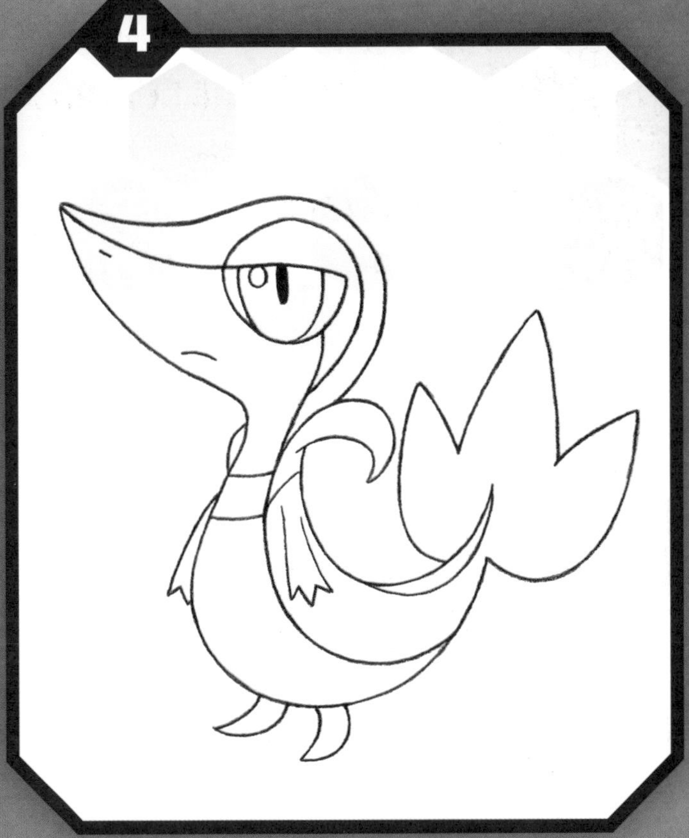

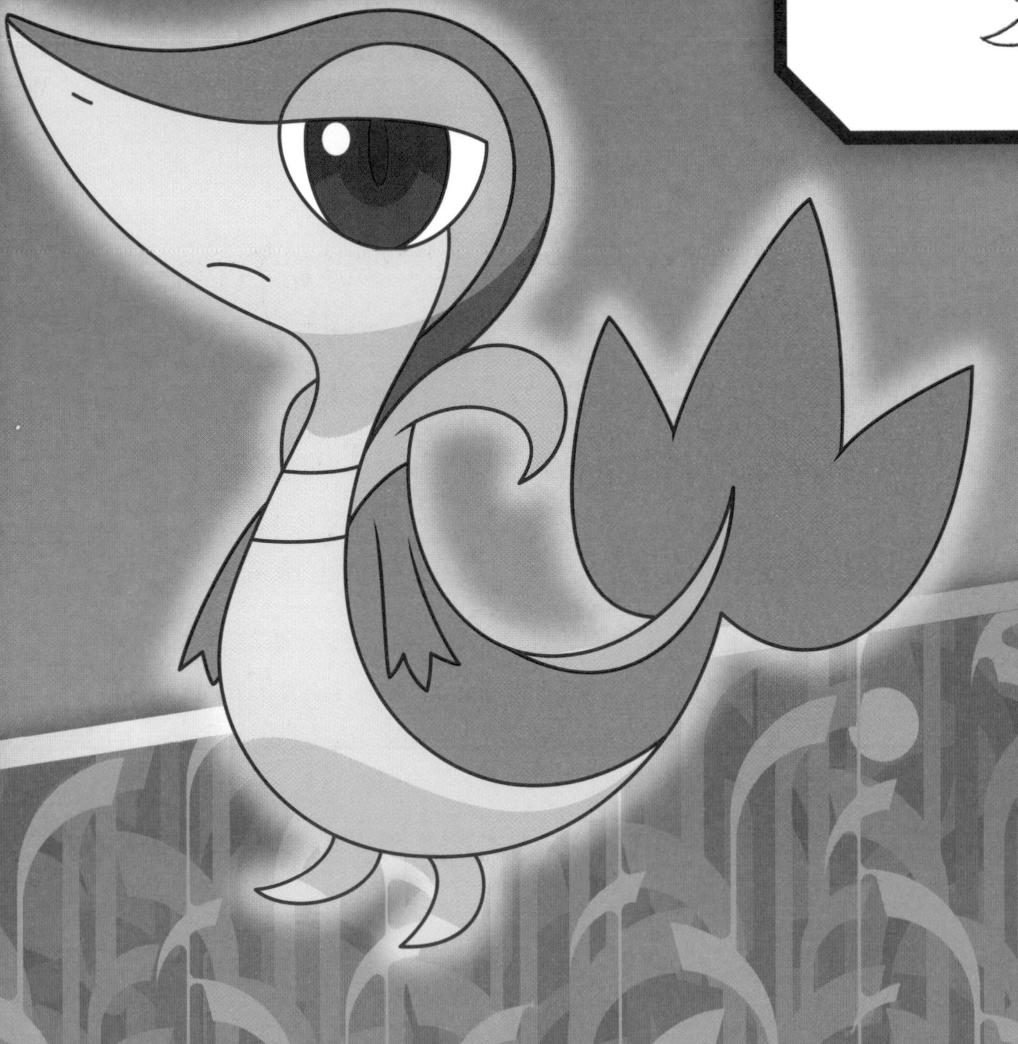

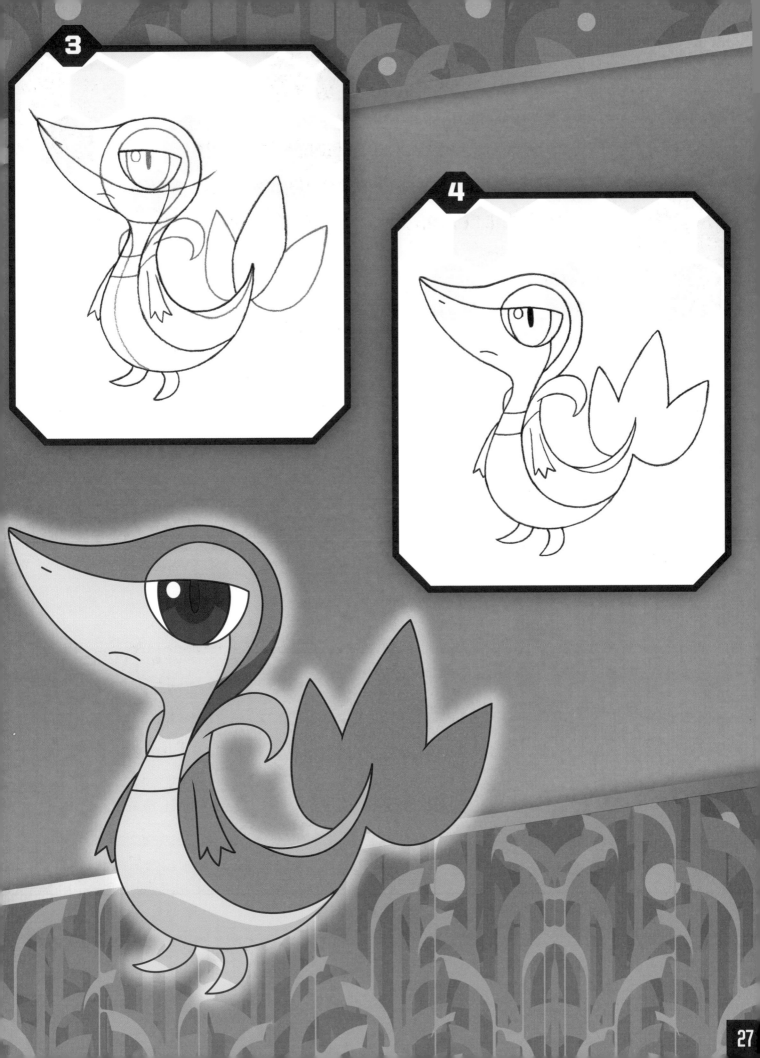

TEPIG

Este Pokémon de fuego puede lanzar llamas a través de la nariz. Pero si expulsa un humo negro, no se encontrará muy bien.

1

2

3

4

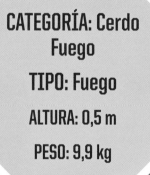

CATEGORÍA: Cerdo Fuego

TIPO: Fuego

ALTURA: 0,5 m

PESO: 9,9 kg

OSHAWOTT

Este Pokémon de tipo Agua puede despegar la concha de su barriga y usarla como arma en un ataque o como utensilio para cortar comida.

1

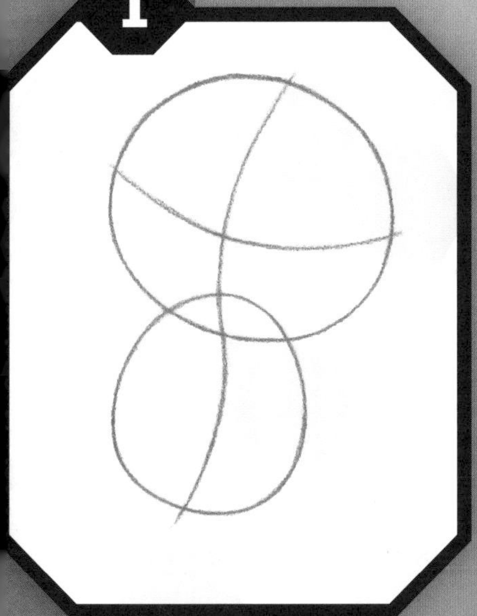

2

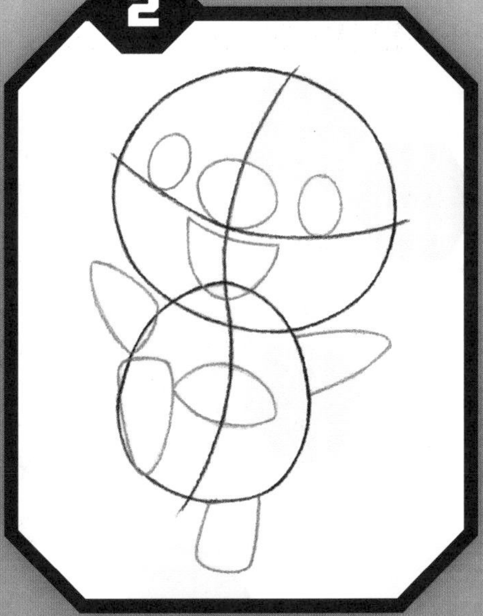

3

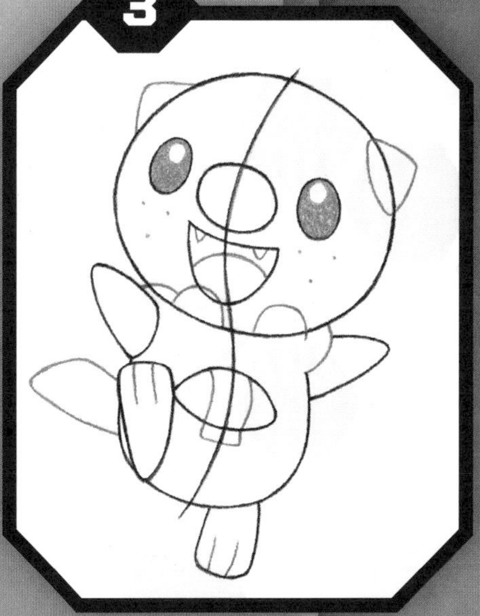

4

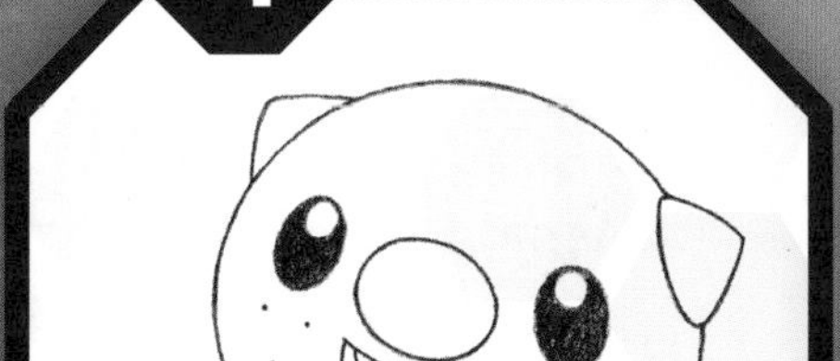

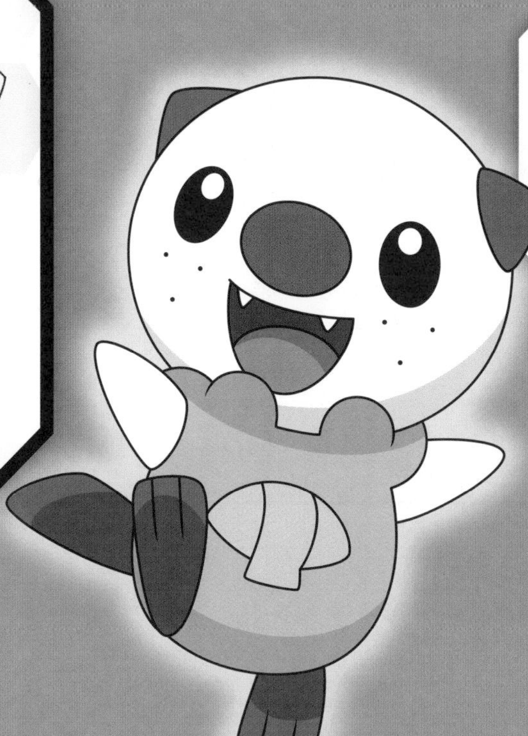

CATEGORÍA: Nutria

TIPO: Agua

ALTURA: 0,5 m

PESO: 5,9 kg

PIKACHU

Sus mejillas almacena una gran cantidad de electricidad que dispara cuando se enfada. (Aunque a veces la usa para recargar a otros Pikachu que han perdido fuerzas).

1

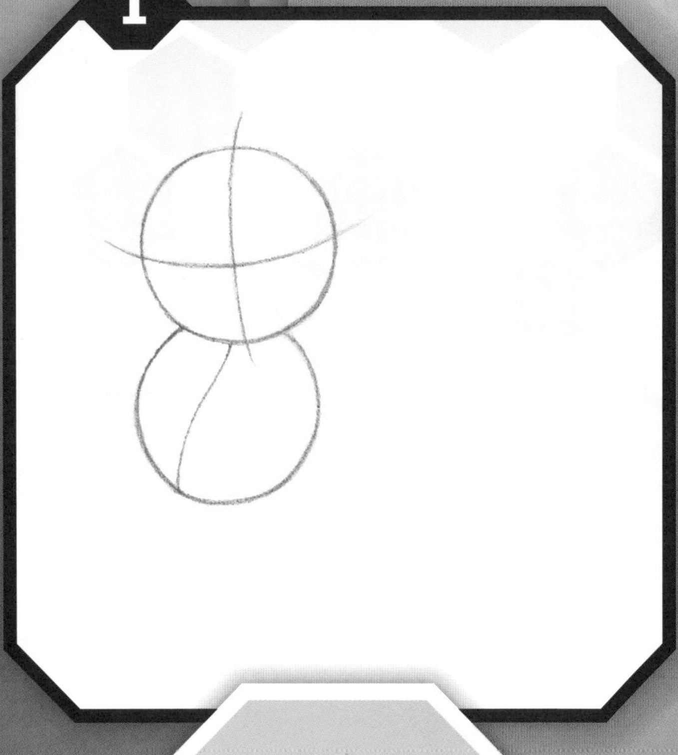

2

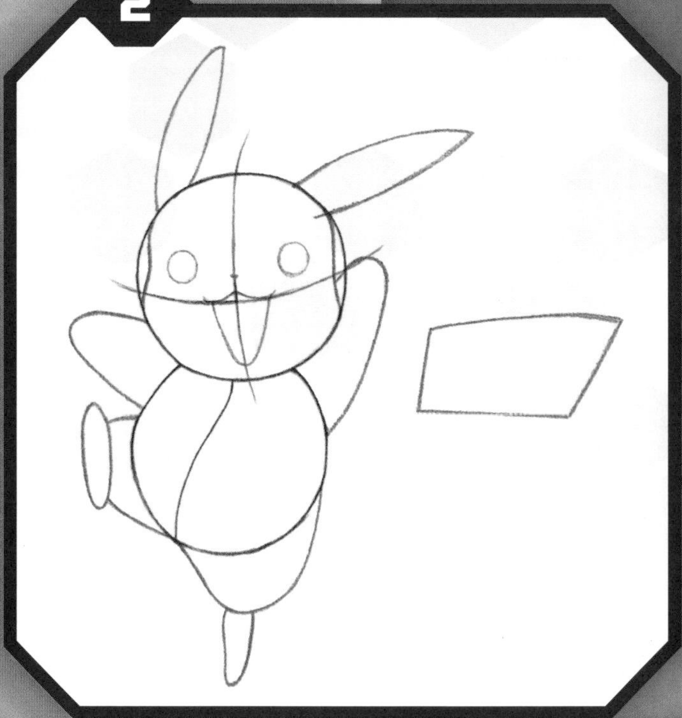

CATEGORÍA: Ratón

TIPO: Eléctrico

ALTURA: 0,4 m

PESO: 6,0 kg

3

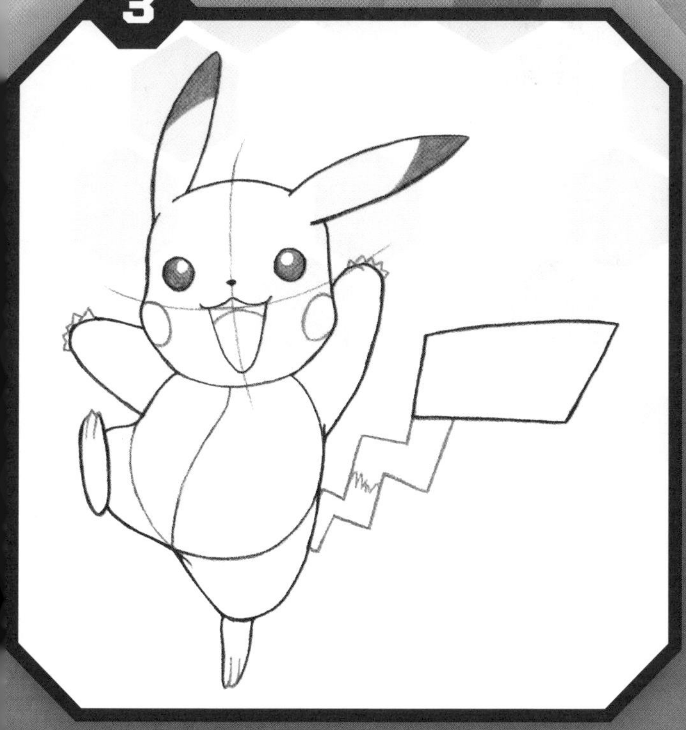

4

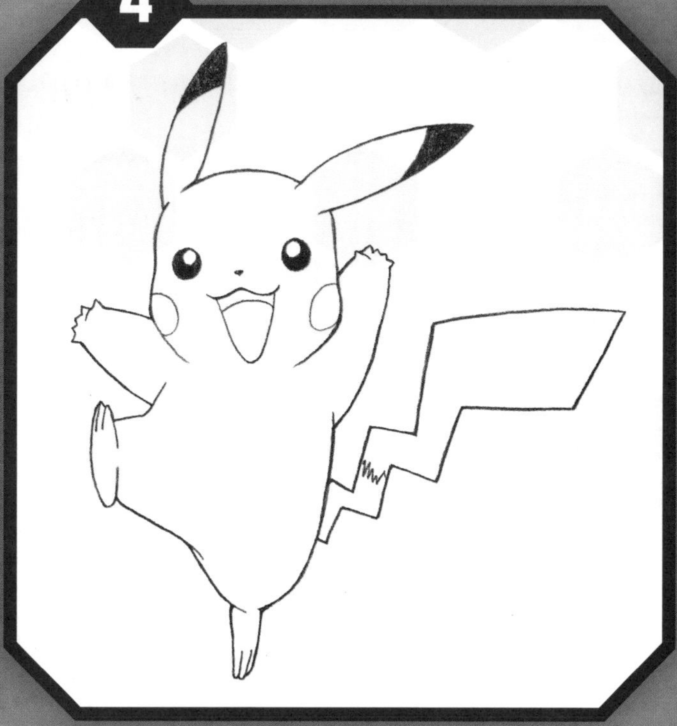

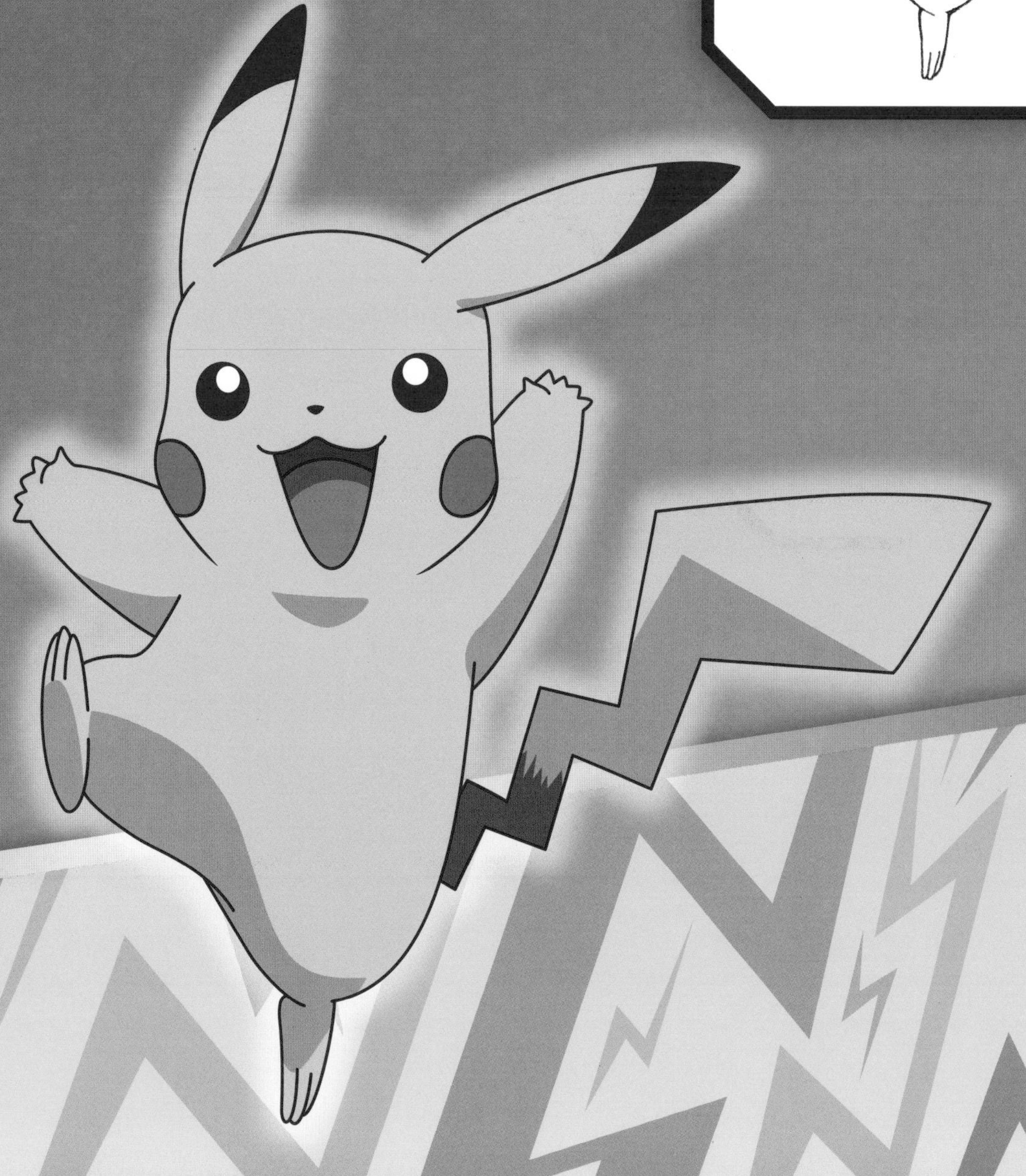

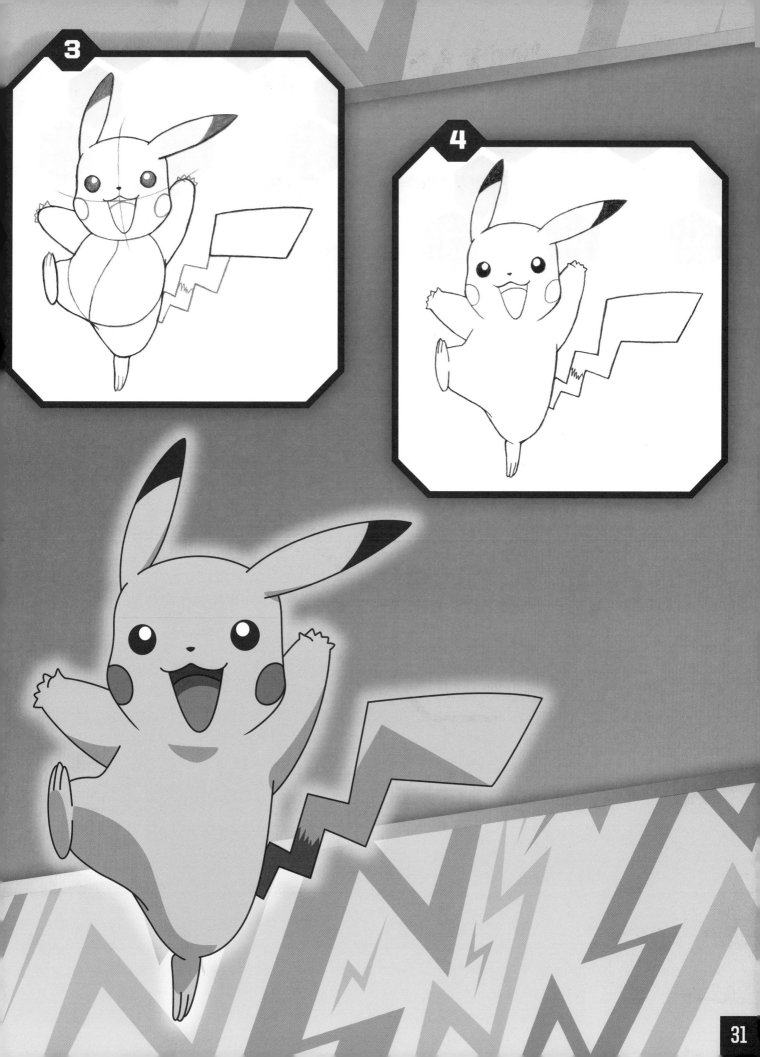

El papel utilizado para la impresión de este libro ha sido fabricado a partir de madera procedente de bosques y plantaciones gestionadas con los más altos estándares ambientales, garantizando una explotación de los recursos sostenible con el medio ambiente y beneficiosa para las personas. Por este motivo, Greenpeace acredita que este libro cumple los requisitos ambientales y sociales necesarios para ser considerado un libro «amigo de los bosques». El proyecto «Libros amigos de los bosques» promueve la conservación y el uso sostenible de los bosques, en especial de los Bosques Primarios, los últimos bosques vírgenes del planeta.

Título original: *How to Draw! Starting with All-Stars!*
Primera edición: enero de 2017

Realización editorial: Estudio Fénix
© 2016, Javier Lorente Puchades, por la traducción

The Pokémon Company International
601 108th Avenue NE Suite 1600
Bellevue, WA 98004 USA

Printed in Spain – Impreso en España

ISBN: 978-84-9043-799-5
Depósito legal: B-19769-2016

Impreso en IMPULS45
Granollers (Barcelona)

GT37995

Penguin
Random House
Grupo Editorial